ORF
KÖGLER
MICHAEL
GEBÜHR ENTRICHTET

PETER RAPP • CLAUS SCHÖNHOFER

Highlights, Hänger, Hoppalas

ÖSTERREICHS BESTE TV-ANEKDOTEN

UEBERREUTER

ISBN 978-3-8000-7487-7

Covergestaltung: Kurt Hamtil, Verlagsbüro Wien
Coverfoto: Ali Schafler/picturedesk.com

Gedruckt in Österreich

7 6 5 4 3 2 1

Ueberreuter im Internet: www.ueberreuter.at

INHALT

I VORWORT

Fernsehen, Film, Radio, Theater – eine Fundgrube für Missgeschicke und Peinlichkeiten. Bei den Produktionen und Übertragungen kann vieles schiefgehen und es geht auch vieles schief.
Wir haben für Sie hinter die Kulissen geschaut und mit Beteiligten, Verursachern und Beobachtern gesprochen. Da ist einiges an lesenswerten Anekdoten zusammengekommen.
Anekdoten haben im Gegensatz zu Witzen nicht immer eine Pointe. Versuchen Sie einfach, sich die Situation vorzustellen. Oder noch besser, versuchen Sie sich in die Situation hineinzuversetzen. Wie peinlich oder nicht wäre es IHNEN? Wie würden SIE reagieren?
Die Menschen, über deren Missgeschicke (und es sind vor allem Missgeschicke) hier berichtet wird, mussten mit der Situation umgehen und mit den Folgen und Konsequenzen leben. Hätten Sie es genauso gemacht?
Viel (Schaden)Freude beim Lesen wünschen Ihnen Peter Rapp und Claus Schönhofer.

I KOMMUNIKATION?

DIE HÄUFIGSTE FORM DER KOMMUNIKATION IST,
DASS MAN SICH MISSVERSTEHT.

I ODERR?

Kommunikationsprobleme ergeben sich nicht nur aus technischen Gründen, sondern auch aufgrund von Sprachbarrieren. Das muss nicht unbedingt an einer *echten* Fremdsprache liegen. Selbst im eigenen Land sorgen unterschiedliche Dialekte für Verwirrung.

So geschehen bei der *Starnacht* im Montafon. Die Regisseurin für die ORF-Aufzeichnung kam aus Wien, der Cutter für die Fertigstellung der Sendekopie aus Vorarlberg.

Für den Zusammenschnitt der Sendung werden alle unnötigen oder unbrauchbaren Szenen aus der Aufzeichnung herausgeschnitten oder durch andere Kameraeinstellungen ersetzt. Nach jedem Schnitt wird auf dem Masterband bei einem gewissen Time-Code wieder eingestiegen und für die nächste Bearbeitung wieder ausgestiegen. Die Kommunikation sollte kurz und prägnant sein. Zum Beispiel: „Einstieg bei 1:12:14:32." (Heißt: Bandlaufzeit 1 Stunde, 12 Minuten und 14,32 Sekunden.) „Ausstieg bei 1:13:21:43."

Nach einem solchen Schnitt die Frage der Regisseurin: „Also wo steigen wir ein?"

Darauf der Cutter: „Bei 1:12:14:32. Oderr?"

Die Regisseurin: „Was jetzt? Bei 1:12:14:32 oder woanders?"

Der Cutter: „Na, bei 1:12:14:32. Oderr?"

Die Regisseurin, etwas verwirrt, fragte die Vorarlberger Assistentin, die jeden Time-Code notierte: „Was ist jetzt richtig? 1:12:14:32 oder was?"

Die Vorarlberger Assistentin checkte ihre Notizen: „1:12:14:32. Oderr?"

Die Regisseurin, völlig verwirrt: „Du hast es doch aufgeschrieben! Was steht da?"

Die Assistentin bestätigte abermals: „1:12:14:32. Oderr?"

Die Regisseurin in Rage: „Du wirst doch noch lesen können, was da steht!?"

Die Assistentin eingeschüchtert: „Ja, natürlich. Oderr?"

Der Regisseurin platzte der Kragen, sie riss der Assistentin den Block aus der Hand und klopfte mit dem Kugelschreiber auf den notierten

Time-Code: „Da steht doch klar und deutlich 1:12:14:32! Klar und deutlich! Oder?"
Cutter und Assistentin hilflos: „Das sagen wir doch die ganze Zeit! Oderr?"
Der Redakteur Günter Huber lag seit Beginn dieses Gesprächs am Boden vor Lachen. Er reichte der völlig entnervten Regisseurin ein Glas Wasser und klärte sie auf, dass die Vorarlberger nach nahezu jedem Satz praktisch unbewusst „oderr?" sagen. Was nichts anderes heißen soll als „verstehst?".

NJKRSLMNJAVZWRT

Anfang der Neunzigerjahre wurden die Regieplätze mit einer digitalen Interkom (hausinterne Telekommunikation) ausgerüstet. Die neue Technik hatte noch ihre Macken. Eine Mitteilung an den Regieplatz klang etwa so: „Njk-rsl-mn-jav-zwrt."
Man bat um Wiederholung. Wieder ein unverständliches „Ma-chn-zlop-flgr-njam". „Bitte wiederholen Sie, wir haben Aussetzer und können Sie nicht verstehen! Und bitte die Taste fest drücken."
Die Antwort als verbaler Hackbraten: „Jsna-schnk-trl-mn-uf-nep-lolk?"
Die Regie warf das Handtuch und sagte entnervt und halb im Spaß: „L-ckmch-do-m-rschd-rttl." „Okay!", kam die klare Antwort über d-git-le I-t-r-om.

ZWEIMAL LINKS IST EINMAL RECHTS

Diese Geschichte ist eigentlich gar nicht witzig. Nicole, bekannt als *Eurovision-Song-Contest*-Gewinnerin mit *Ein bisschen Frieden*, war Stargast bei der *Starnacht am Wörthersee.*
Probe. Nicole sang drei Lieder. Danach Kritik-Sitzung. Solche Sitzungen sind üblich, weil man erkannte Fehler ausmerzen, Verbesserungen noch einbringen kann.
Aus (jetzt nicht weiter wichtigen) inhaltlichen Gründen wurde beschlossen, die Reihenfolge von Nicoles Liedern zu ändern. *Ein bisschen Frieden* sollte als Zugabe ihren Auftritt krönen.
Der verantwortliche Redakteur informierte die Verantwortliche des Managements, die wiederum die Künstlerin von der Entscheidung in Kenntnis setzen sollte.
Die *Starnacht* live. Auftritt Nicole. Das Publikum ist aus dem Häuschen. Die vereinbarte Playback-Musik setzt ein. In diesem Moment ist ganz deutlich zu erkennen, dass dies niemand mit der Sängerin vereinbart hatte.
Auch wenn Nicoles einstudierte Choreografie nicht gerade kompliziert war, tat sie sich doch sichtlich schwer, so unvorbereitet nach links statt nach rechts zu wippen und umgekehrt.
Zum Glück ist Nicole Profi genug, um die Unsicherheit zu überspielen. Nach der ersten Nummer holte sie zur Revanche aus und verkündete dem Publikum: „Nachdem mich die Regie mit einem anderem Lied als geplant beginnen ließ, werde ich die Regie jetzt auf die Probe stellen. Ich singe jetzt *Ein bisschen Frieden.*"
Der Tonmeister hatte bereits den Finger auf der Taste des anderen Liedes. Da kam das Kommando von der Regie: „Das andere!" „Linke Taste oder rechte?" „Links!" Und der Tonmeister drückte rechts. Es erklang *Ein bisschen Frieden.*
Warum es trotzdem klappte? Beide – Regie und Tonmeister – waren in der Hektik leicht legasthenisch!

Nicole

DIE KEHRENDEN EHEFRAUEN

Wie so oft im Leben ist in den schönsten Momenten keine Kamera dabei. So auch damals in der New Yorker Carnegie Hall, als der deutsche Stardirigent Wilhelm Furtwängler eine Probe abhielt.
Furtwängler war berüchtigt dafür, dass er bei den Proben außer seinen Musikern und Sängern absolut, ABSOLUT NIEMANDEN im Saal haben wollte. Auch keine Kameras. Da bekam er sonst Auszucker, die gefürchtet waren.
Als die weltberühmte lyrische Sopranistin Irmgard Seefried während ihres Liedes bemerkte, dass ein Trupp von Putzfrauen die Logen aufkehrte, begann sie aus Angst kurz zu stottern. Furtwängler bemerkte dies natürlich sofort und drehte sich um. In höchstem Maße erzürnt, brüllte der Deutsche, der nur fragmentarisch der englischen Sprache mächtig war: „Hey wives, don't care!!!"
Was heißen sollte: „He Frauen, nicht kehren!", verstanden die amerikanischen Putzfrauen als „He Ehefrauen, macht euch nichts draus!" und kehrten daher unbekümmert weiter.

Wilhelm Furtwengler

TÜTE GIBT'S NET!

Ein junger Mann aus Deutschland begann seine Karriere beim ORF als Regieassistent. Der Job fiel ihm deutlich leichter als die Wiener Sprache. Aber Volker Großkopf hatte liebe Kollegen, die ihm beim Lernen halfen. Als der Deutsche sagte: „Ich geh mal schnell zum Billa und hol ne Tüte mit Brötchen“, wurde er aufgeklärt: „Tüte gibt's bei uns net! Nur a Sackerl!“

Sie ahnen es schon. Bei seinem nächsten Besuch im Eissalon verlangte Volker ein Sackerl Eis.

ENGLISH IS A DOG

Die englische Sprache kann ein Hund sein, wenn man ihrer nicht mächtig ist.

Nicht nur Furtwängler lieferte damals in New York eine denkwürdige Styleflower.

Vor der *Peter Alexander Show* ging man die Liste mit den Stargästen durch. Der Produktionsleiter notierte die Namen. Wolfgang Fiereck. Ja, kannte er. Richard Chamberlain? Keine Ahnung. Wie schreibt man den? „Der aus den *Dornenvögeln*!“, half der Redakteur. „Okay, i schreib einfach Woamer.“

Dann, bei der Sendung, dämmerte es dem Produktionsleiter Hansi S., welches Kaliber dieser Richard „Woamer“ Chamberlain war, und wollte unbedingt vorgestellt werden. Der Redakteur ging mit ihm zu dem Star, und bevor er noch etwas sagen konnte, platzte es aus Hansi heraus: „Hello, ei äm Hänsi. Mäbi ju want a Eightel?“

Chamberlain nahm nach kurzer Übersetzung die Einladung auf ein Achterl gerne an.

Richard Chamberlain

Mit gutem Willen lässt sich auch der ärgste Sprachmischmasch verstehen. Der Regisseur einer *Peter Alexander Show* trat auf den Stargast Liza Minelli zu: „Hello Miss Minelli. I am se director of sis show. My English is not very good, but we come schon irgendwie together!" Liza verstand: „Of course."

I FALSCH VERBUNDEN

Ein neues Sendungsformat war geboren: *Die Volkstümliche Hitparade*. Zehn Sendungen mit je zehn Videoclips der volkstümlichen Schlagermusik. Natürlich live, denn die Zuseher sollten den Sieger jeder Sendung per Telefonvoting küren. Die zehn Finalisten würden eine Superhitparade ergeben und so weiter.

Hier geht es aber um die allererste Sendung. Moderation: Wolfram Pirchner.

Eine neue Sendung ist immer eine Herausforderung an das Team. Aber da lauter Profis am Werk sind, löst sich das anfängliche Chaos bald in Wohlgefallen auf. Oder spätestens bei Sendungsbeginn. Zumindest meistens.

071 73 74 mit den Endziffern 701 bis 710. Das war die Rufnummer, um für die Kandidaten per Telefon voten zu können. Wie auch bei *Starmania* oder *Dancing Stars* wird dann die entsprechende Nummer beim Auftritt der Kandidaten eingeblendet, damit man sich die seines Favoriten gleich notieren kann.

Eine solche Nummer wird schon rechtzeitig, eine gute Woche vor der Sendung, bei der Telekom angesucht und angemeldet, von einem Notar abgesegnet. Rechtzeitig auch deshalb, damit die ORF-Grafik alle Inserts für das Voting vorbereiten kann. Die sollen ja auch hübsch aussehen und das dauert eben.

Also, die Sendung begann, alles war perfekt vorbereitet, alle waren entspannt.

Aber nur sehr kurz. Als der für die Telefonnummer Verantwortliche beim ersten Videoclip das erste Insert auf dem Monitor sah, wurde er bleich. Das war nicht die Nummer, die er bestellt hatte.

Ein Testanruf bei der Nummer, die auf Sendung war: „Dieser Anschluss ist nicht vergeben."

Wie es passieren konnte, dass die Nummer 071 73 **75** statt **74** bestellt wurde und wer dafür verantwortlich war, spielte in diesem Moment überhaupt keine Rolle. Wichtig war nur, eine Lösung des Problems zu finden.

Die Volkstümliche Hitparade mit den Wildecker Herzbuben

Zwar durften die Zuseher wegen der Chancengleichheit erst anrufen, wenn alle zehn Clips gezeigt worden waren. Aber viel Zeit blieb nicht.

Also, entweder in Windeseile die richtige Nummer von der Telekom bekommen oder die kunstvolle Nummern-Tabelle gegen Sendungsende mit im Schnellschuss fabrizierten neuen Inserts überdecken. Dazu noch eine höfliche Entschuldigung vom Moderator, um die Peinlichkeit hämischer Schlagzeilen am nächsten Morgen in Grenzen zu halten.

Der für die Telefonnummer Zuständige schwitzte Blut und Wasser. Der Redakteur schwitzte Blut und Wasser, weil er im Falle einer Änderung schon längst die Grafik hätte informieren sollen und sicherstellen musste, dass der Moderator auf Sendung die gültige Nummer bekanntgeben würde.

Die Regie schwitzte Blut und Wasser, weil es eigentlich nichts Peinlicheres gibt, als eine falsche Rufnummer für das Abstimmen anzugeben.
Nur der Sendungsverantwortliche schwitzte nicht Blut und Wasser, denn der saß entspannt, weil ja alles prächtig vorbereitet war, bei einem Kaffeeplausch in der Kantine und hat von all dem, das sein Karriere-Waterloo hätte bedeuten können, nichts mitbekommen.
Der Videoclip des zehnten und letzten Volksmusikanten flimmerte über den Bildschirm. Der Telefonmann telefonierte sich noch immer die Ohren wund, um von der Telekom 071 73 **74** statt **75** zu bekommen. Die Regie hatte trotz gedrückter Daumen einen Finger auf der Taste, um das Original- oder das Ersatz-Insert zuzuspielen. Der Redakteur wartete startbereit mit zwei Kärtchen mit den beiden Nummern neben der Bühne auf das Kommando.
Die Zeit tickte. Das Lied war zu Ende. Wolfram Pirchner konnte keine Zeit mehr schinden. Er musste jetzt die Nummer verkünden. Endlich über Funk: „Wir haben die Nummer!" „Welche?" „Die, die wir bestellt haben!" „ Die richtige oder die falsche?" „Die 74er!"
Die Zuseher sahen einen Redakteur auf die Bühne schießen und ebenso schnell wieder verschwinden.
Wolfram Pirchner nannte die Nummer. Die richtige.
Das Poltern der fallenden Steine von den Herzen des ORF-Teams konnte man kilometerweit hören.
Kleine Zusatzanekdote am Rande: Unter all den Anrufern wurde per Zufallsgenerator ein Preis verlost. Wolfram Pirchner hatte den Glücklichen live am Telefon. „Ich hab den Gewinner einer Urlaubswoche in Tirol in der Leitung. Hallo Gregor, ich hoffe, Sie freuen sich über Ihren Gewinn. Wo sind Sie denn zu Hause?" Die Antwort in astreinem Tirolerisch: „In Ischgl." – „Na, dann haben Sie's ja nicht weit."

I BIENVENU AUTRICHE

In der ORF-2-Sendung *Willkommen Österreich* hieß Gastgeberin Elisabeth Engstler einen internationalen Star willkommen: Annie Girardot. Die französische Schauspielerin sprach leider kein Wort Deutsch und Engstlers Französischkenntnisse beschränkten sich auf *bonjour* und *merci*.

Für das Interview bekam Girardot einen Knopf für die Dolmetscherin ins Ohr. Engstler begann: „Ich freue mich ganz besonders, heute eine großartige Schauspielerin als Stargast zu haben – Annie Girardot, herzlich willkommen!" Der Gast lächelte höflich: „Oui."

Engstler weiter: „Sie sind für einen großen Film hier in Österreich. Wann ist der fertiggestellt worden und wie war das für Sie?" Die Girar-

Annie Girardot

dot nach einer kurzen Pause: „Oui." Da wurde der Moderatorin klar, dass ihre Interviewpartnerin keine Übersetzung zu hören bekam. „Offensichtlich haben wir ein technisches Problem. Dann führen wir das Gespräch halt auf Englisch und ich werde übersetzen. Miss Girardot, we have technical problems. We will do this interview in english and ..."
„No english", wehrte Girardot ab. Beiden war die unsagbare Peinlichkeit der Situation bewusst und sie mussten lachen. Sie plauderten einfach lachend drauflos, Engstler abwechselnd auf Deutsch und Englisch, Girardot auf Französisch. Für den Zuseher wirkte es, als ob sie einander verstünden und bestens unterhielten.
Nach einigen Minuten schien es doch besser, diese babylonischen Zustände zu beenden, und Elisabeth Engstler entließ ihren Gast mit „Merci, auf Wiedersehen, baba und bye-bye."
Nach der Sendung ging Engstler der Sache nach. Es stellte sich heraus, dass zu Beginn des Gesprächs die Dolmetscherin zwar hören konnte, was die Girardot sagte, aber nicht umgekehrt. Die Technik hatte fieberhaft daran gearbeitet, den Fehler zu beheben, aber als die Verbindung stand, kam trotzdem kein Wort aus der Sprecherkabine. Der Grund war – wie man herausfand, als man in der Kabine nachsah: Es war niemand da! Die Dolmetscherin, für die dies der erste Job war, hatte nämlich die Nerven weggeschmissen und war in Panik davongelaufen!

FASSE DICH KURZ

Die Eröffnung der Wiener Festwochen wurde traditionell von Fanfarenklängen eingeleitet. Für die TV-Übertragung kamen sie vom Band. Der zuständige Tontechniker hatte ein kleines Sprachproblem – er stotterte. Als er Regisseur Pongratz fragte, wie viele Fanfarenstöße er zuspielen sollte: „Wie viele Fan Fan Fan ...?", antwortete der nur knapp: „Ja, drei!"

WAS SPRICHT MAN IN BRASILIEN?

Moik bereiste mit seinem *Musikantenstadl* von 1988 bis 2001 fast alle Kontinente. Er gastierte in vielen Metropolen wie Moskau, Toronto, Melbourne, Kapstadt, Peking, New York, New Orleans und Dubai. Sogar in der Karibik und in der Disney World war er. Damit war er quasi DER weltweite Botschafter für Volks- und Schlagermusik aus Österreich und Deutschland sowie der Schweiz.

Nur Südamerika war ein weißer Fleck auf der Reiseroute des *Musikantenstadls*. Auf die Frage, warum der *Stadl* nicht auch einmal Rio de Janeiro besuche, antwortete Moik: „Ich kann ja nicht Brasilianisch." Er hielt kurz inne, denn er merkte an dem Blick seines Gegenübers, dass er etwas Falsches gesagt hatte, und korrigierte sich: „Na, ich weiß eh, dass die dort Spanisch sprechen."

Fremdsprachen waren nicht seines. Fremdwörter auch nicht wirklich. Eine seiner legendären Wortschöpfungen, die Moik konsequent immer wieder verwendete, wenn er von einem „Fehler" sprach, war „Fapaux" (gesprochen: „Fapoo") statt Fauxpas. *Fapoo* wurde zum geflügelten Wort im ganzen *Stadl*-Team.

I SPECIAL EFFECTS

„SPECIAL“ HEISST BESONDERS. UND „EFFECTS“ SIND DAS, WAS DABEI RAUSKOMMT. MANCHMAL LIEGEN IDEE UND ERGEBNIS NICHT AUF DERSELBEN LINIE.

Bei musikalischen Auftritten auf der Bühne sind Special Effects sehr beliebt. Im Studio allerdings sind die Möglichkeiten recht begrenzt. Man kann es schneien, die Sonne scheinen und donnern lassen. Für ein echtes Feuerwerk ist nach oben hin ein bisschen wenig Platz. Aber Funkenfontänen machen sich im TV-Bild auch sehr gut. Auch künstlicher Nebel aus Trockeneis wird gern eingesetzt. Mit den entsprechenden Lichteffekten lassen sich die unterschiedlichsten Stimmungen erzeugen.
Anzufügen wäre, dass aus Kostengründen die Special Effects bei den Proben nicht getestet werden. Wird schon klappen. Oder schiefgehen. Wie man so schön sagt.

STARMANIA IM NEBEL

Über die wahren Gesangsqualitäten der *Starmania*-Teilnehmer mag man geteilter Meinung sein. Sicher ist, dass sie nicht so schlecht sind, dass man sie verstecken müsste.
Eine der Finalsendungen von *Starmania* – der letzte Act, um Stimmen zu sammeln. Die Choreografie sah vor, dass ein Duett auf den Treppen der *Starmania*-Stiege liegend zu singen war. Leichter Nebel sollte die Sänger im Licht der Scheinwerfer umwabern.
Es war schon schwer genug, im Liegen mit körperlichem Einsatz um die Gunst des Publikums zu buhlen. Aber wie sehr sich die zwei *Starmaniacs* auch ins Zeug legten, man sah sie nicht. Der Spezialist für die Effekte hatte es zu gut gemeint und die jungen Talente in einer englischen Nebelsuppe ertränkt.
Woher Jury und Zuseher ihre Kriterien zur Bewertung damals bezogen haben, darüber liegt der Nebel des Vergessens.

I NANA IM NEBEL

Nana Mouskouri, allen bekannt seit ihrem Hit *Weiße Rosen aus Athen*, war Stargast bei der *Licht-ins-Dunkel*-Gala. Eine Sängerin, die mit über 250 Millionen verkauften Tonträgern nach Madonna die erfolgreichste Sängerin aller Zeiten war, in diese Charity-Sendung zu bringen, war allerhand. Da haben sich sicherlich einige Leute auf die Schultern geklopft.

Für einen möglichst effektvollen Auftritt der Griechin mit der berühmten schwarz gerahmten, rechteckigen Brille (von der sie angeblich über hundert nahezu gleiche Exemplare besitzt) wurde in die bewährte Trickkiste gegriffen. Durch dezent beleuchteten Nebel sollte sie wandeln, während sie ihr Liedchen trällerte.

Und die kleine Griechin wandelte und trällerte. Und die Nebelschwaden wurden immer dichter und immer höher. Unbeirrt wandelte und trällerte sie weiter, bis nur noch ihre schwarze Brille und ihr schwarzes Haar zu sehen waren. Und irgendwann war gar nichts mehr von dem Megastar zu sehen. Ihr Gesang kam wie der einer Heulboje aus dem undurchdringlichen Nebel.

Frau Mouskouri war not amused, nicht sehr begeistert, und wollte sofort nach dem Schlussakkord die nebulöse Szene verlassen. Nur der Überredungskunst des Redakteurs war es zu verdanken, dass die etwas humorlose Hellenin bis zum Schlussbild blieb, als sich die Nebel endlich gelichtet hatten.

HANSI HINTERSEER IM SCHNEE

Nichts verbreitet mehr weihnachtliche Stimmung als der Tanz fallender Schneeflocken. Im Fernsehstudio natürlich nur künstlich möglich, aber sehr realistisch anmutend.

Licht ins Dunkel. Hansi Hinterseer spazierte singend durch eine romantische Weihnachtswalddekoration. Von oben rieselte leise der Schnee. Und rieselte. Leise, aber dicht. Nach nur 30 Sekunden hatte Hansi eine dicke Schneehaube auf seiner blonden Fönfrisur. Da der Studioschnee federleicht und nicht kalt ist, merkte der Schlagerbarde nichts von seinem weißen Kopfschmuck.

Die Regie wies den Beschneier an, die Schneemaschine sofort zurückzudrehen. Der reagierte zwar augenblicklich, aber es dauerte, bis die Maschine sich einbremste, und so fielen noch viele, viele Flocken auf Hansis Haupt, bis er aussah, als hätte ihn eine Dachlawine verschüttet.

Erst nach Ende des Liedes, als ihm bei der Verbeugung die riesige Schneewechte vom Kopf fiel, merkte der Kitzbüheler Schlagerstar, warum die Kameraleute die ganze Zeit während seines Auftritts gegrinst hatten.

FEUERWERK FÜR DIE KRONE DER VOLKSMUSIK

Ja, der Übereifer ist manchmal ein Hund. Bei der Preisübergabe für die *Krone der Volksmusik* in Klagenfurt sollte im Studio ein feierliches Feuerwerk (Funkenfontänen) die Bühne erhellen.

Wie eingangs erwähnt, können diese Effekte bei der Probe aus Kostengründen nicht getestet werden. Wenn der Spezialist sagt, dass es eine Minute lang zirka 50 Zentimeter hoch Funken sprühen werde, dann wird es so sein.

Es kam zur Übergabe der Preise und zur Unterstreichung der Bedeutung des festlichen Aktes sprühten goldfunkelnde Fontänen vor den Gewinnern. Allerdings fast zwei Meter hoch und ohne Ende.

Die gesamte Preisverleihung war für das Publikum unsichtbar. Aber effektvoll. Würden wir sagen.

I AUF SPARFLAMME

Aufzeichnung für die Show *Willkommen im Klub* mit Harald Juhnke. Pit Weyrich führte Regie. Grande Finale, alle Stars auf der Bühne, von Showmaster Harald Juhnke über Jim Reid bis Caterina Valente, und Ballett. Weyrich kündigte das große Feuerwerk an. Alle sollten sich von den über zwei Meter hohen Fontänen aus Sicherheitsgründen fernhalten. Die Künstler nahmen weit entfernt von den pyrotechnischen Quellen ihre Positionen ein, setzten ihr telegenstes Lächeln auf und Pfffffff. Gerade mal 20 Zentimeter hoch spuckte das Feuer.
Schulterzucken beim Feuerwerkstechniker. Er hatte ganz einfach die falschen Patronen eingesetzt.

I TEUFEL TECHNIK

DIE TECHNIK MUSS MITSPIELEN, DAMIT DAS, WAS SICH DIE REDAKTEURE UND REGISSEURE AUSDENKEN, AUCH TATSÄCHLICH FUNKTIONIERT. WAS FÜR EIN KINDLICHES WUNSCHDENKEN!

102 UND KEIN BISSCHEN LEISE

Otto Schenk, seit Jahrzehnten einer der beliebtesten Schauspieler des Landes, wurde 75. Grund genug, den Jubilar mit einem Galaabend im Theater in der Josefstadt zu ehren.

Unter den Gratulanten Christiane Hörbiger, Karlheinz Hackl, Rebecca Horner (Otto Schenks Partnerin in den Filmen *Mein Opa und die 13 Stühle* und *Unser Opa ist der Beste*), Helmuth Lohner und Placido Domingo per Schaltung nach New York. Bundespräsident Dr. Heinz Fischer hielt eine Laudatio.

Der ORF zeichnete den von Elke Winkens moderierten Abend auf.

Der Höhepunkt dieser Geschichte ist aber Johannes „Jopie" Heesters mit seinem Geburtstagsständchen.

Jopie, schon 102 Jahre auf dem immer noch geraden Rücken, hatte schon erhebliche Probleme mit dem Hören und Sehen. Um seine noch immer zahlreichen Auftritte absolvieren zu können, hat er auf der Bühne einen Knopf im Ohr, über den ihm seine junge Frau Simone Rethel per Mikrofon souffliert.

Bei den Proben zur Gala stellte Regisseurin Heidi Haschek sich dem Altstar höflich vor und informierte ihn über den Ablauf seines Auftritts. Herr Heesters sollte auf einer Drehbühne gemeinsam mit dem Klavier und dem Pianisten auftreten. Das war so gedacht, um es dem schon etwas sehschwachen Künstler einfacher zu machen, seine Position zu finden. Er brauchte dann nur einfach geradeaus blicken und würde dem Geburtstagskind in die Augen schauen, auch wenn er Otto Schenk gar nicht erkannte.

Jopie verstand nicht gut, also sprach Heidi lauter und erklärte alles noch einmal. Erst als Heidi so laut sprach, dass auch Heesters' Frau hinter der Bühne sie hören und ihrem Mann alles über das Mikro ins Ohr sagen konnte, nickte er zustimmend.

Alles war perfekt vorbereitet. Der holländische Operettenstar mit österreichischer Staatsbürgerschaft wartete beim Klavier, bis ihn die drehbare Bühne direkt vor Otto Schenk positionieren würde. Die Bühne drehte

sich. Aber nicht weit genug. Als sie stehenblieb, wähnte Heesters seinen Freund vor sich und begann sein Ständchen. Allerdings sang er an allen vorbei gegen die Wand.
Schenk rief ihm zu und Heesters erkannte, dass die Stimme von ganz woanders kam und rief: „Ottili, Ottili, wo bist du?“ Otttili rief zurück: „Hier, hier bin ich ich!“ Der Stimme folgend drehte sich Jopie um und konnte seine Glückwünsche fortsetzen.
Das Publikum konnte das Lachen nicht unterdrücken. Bei allem Respekt vor dem Alter, aber die Situation war zu grotesk. Jopie trug es mit Humor.
Da es sich um eine Aufzeichnung handelte, konnte die Regie diesen doch etwas peinlichen Moment in der Nachbearbeitung beseitigen. Für die Fernsehzuschauer war von diesem Hoppala nichts zu bemerken.

DER HIMMEL HÄNGT VOLLER KLAVIERE

Beim *Grand Prix der Volksmusik* ließ man sich für den Auftritt eines jungen Sängers etwas Besonderes einfallen. Das Klavier, auf dem er sich selbst begleiten wollte, sollte nicht auf die Bühne geschoben, sondern von oben heruntergelassen werden.

Sie ahnen schon, was passiert ist? Nein, es ist nicht auf den Künstler gefallen. Es kam gar nicht runter. Wie sehr sich die Techniker auch bemühten, der Flügel blieb in den Höhen des Studios hängen.

Genau genommen konnte das Instrument ruhig da oben baumeln, denn die Musik war ohnehin Playback. Der Sänger brauchte das Klavier nur als Requisit, damit er irgendwo sitzen konnte, denn Choreografie hatte er keine. So stand er während seines Gesangs hilflos herum und blickte flehend nach oben. Vielleicht, dass das blöde Klavier endlich auf ihn stürzen sollte, um ihn von seinen Qualen zu erlösen?

Über die weitere Karriere des Sängers ist nichts bekannt.

Canon
ORF
DIGISUPER 27
HD
XJ27×6.5B 6.5-180mm 1:1.5

ACHTUNG KAMERA!

Romy-Gala in der Hofburg. Bei der Generalprobe war Regisseurin Heidelinde Haschek mit den Bildern der Eröffnungssequenz nicht glücklich. Das sah irgendwie nicht toll aus. Irgendwie fad. Es gefiel ihr einfach nicht. Aus. Da hatte sie den grandiosen Einfall, mit einer Kamerafahrt von draußen zu beginnen. Heißt, die Krankamera wurde vor einem großen Fenster im Freien in Position gebracht und sollte dann durch ebendieses Fenster in den Festsaal fahren und über die Tische und Köpfe des Saalpublikums hinweg zur Bühne schwenken. Ja, das würde toll aussehen. Tat es bei der Probe auch.

Womit niemand gerechnet hatte, war, dass der Gastgeber und Erfinder der Romy, Rudi John, zu viele Gäste eingeladen hatte. Am Galaabend musste für gut 50 zusätzliche Menschen Platz geschaffen werden. Damit war die Anordnung der Tische vom Probetag obsolet. Kurz vor Beginn der Übertragung wurden noch hektisch Tische hereingetragen, Tische verschoben, überall standen Leute herum. Kurz, es herrschte ein ziemliches Gewurl – auch vor dem Fenster, durch das die Krankamera hereinschwenken würde –, als der Countdown für die Live-Übertragung bereits begonnen hatte. Nach „Drei, zwei, eins!" würde die Kamera ins Volle fahren und die Leute wie die Pins beim Bowling niederstrecken.

Die Regisseurin schrie über Funk dem Inspizienten beim Fenster ins Ohr: „Alles ducken!!!!!" Der reagierte sofort und machte ein unmissverständliches Handzeichen, und in derselben Sekunde gingen alle Umstehenden in die Hocke. Geräuschlos, aber sehr flott schwebte die Kamera über aller Köpfe hinweg. Kein neuer Scheitel wurde gezogen. Keine Beule verursacht. Alles ging gut.

Und es waren einmal wirklich neue Bilder von der Romy-Gala. Von Menschen in Abendkleid und Smoking, sich in der Hocke vor der Kamera in Sicherheit bringend.

Farbbild 1: Nana Mouskouri
Farbbild 2: Otto Schenk und Johannes Heesters
Farbbild 3: Heidelinde Haschek

I AUSGEFÄDELT

Gregory Peck

Hollywoodstar Gregory Peck war auf Kurzbesuch in Wien. Auf seinem Programm stand der Besuch im Wiener Musikverein, der praktischerweise gleich neben dem Hotel Imperial liegt, wo Peck residierte. Selbstverständlich wollte der ORF darüber berichten. Weltstars sind bekanntlich hin und wieder kamerascheu, und so hatte das ORF-Team nur die Gelegenheit, den US-Schauspieler aufzunehmen, wenn er vom Imperial hinüber zum Musikverein ging.

Bei dem damals verwendeten Video-Equipment MAZ 2 fädelte sich das Band am Ende aus und musste neu eingefädelt werden. Okay, Sie wissen schon, was passierte. Nervös wartete man auf das Auftauchen von Gregory Peck, machte noch ein paar Schwenks über die wartenden Fans und endlich war es so weit und Peck lächelte in die Kamera und alles war perfekt, aber nicht auf Band. Es war sich einfach nicht mehr ausgegangen, das Band in dieser kurzen Zeit neu einzufädeln.

DER FÖN

Oft sind es nur Kleinigkeiten, die eine TV-Produktion gefährden und die Mitarbeiter gehörig ins Schwitzen bringen.
Alljährlich werden die herausragendsten Österreicher auf den Gebieten Kreativität, Wirtschaft, Forschung, humanitäres Engagement und Kultur mit der *Austria* ausgezeichnet. Dem Anlass entsprechend im Rahmen einer großen Gala, die vom ORF übertragen wird. Große Show. Viel Licht, Musik-Acts mit großem Sound, Video-Walls und alles, das viel Strom braucht. Alles zusammen zigtausend Watt.
Als der Ausstattungschef Sascha R. an dem Anzug eines der Preisträger vor dessen Auftritt einen Schweißfleck entdeckte, wollte er ihn schnell trocknen. Mit dem Fön. Das war der berühmte Tropfen, der das Fass zum Überlaufen brachte. Oder besser gesagt: das Watt zu viel, das für den Kurzschluss sorgte. Video-Wall und Lichtanlage verdunkelten sich schlagartig.
Zum Glück wurde die Gala aufgezeichnet und um eine Stunde zeitversetzt gesendet.

I MIT KOJAK IM HAWELKA

Seitenblicker Robert Reumann hatte 1993 die Ehre, mit Telly Savalas ein Interview zu machen. Der berühmte Glatzkopf, der als Lolli lutschender Cop Kojak in der Krimiserie *Einsatz in Manhattan* Weltruhm erlangte, weilte in Wien und man traf sich im ehrwürdigen Café Hawelka.

Savalas plauderte eine halbe Stunde lang entspannt vor der Kamera in Reumanns Mikrofon. Dann war es für ihn Zeit, zum Flughafen zu fahren.

Robert Reumann nahm die Videokassette und fuhr ins ORF-Zentrum, um das Interview für die *Seitenblicke* am Abend zu schneiden. Im Schneideraum legte er das Band ein, drückte auf START und sah sich, wie er den Filmstar im *Hawelka* begrüßte. Dann war Pause. Und dann sah der völlig entgeisterte Robert, wie er sich von Telly Savalas verabschiedete. Nichts, aber auch gar nichts von dem 30-minütigen Interview war auf Band! Der Kameramann hatte bei der Kamera offenbar ON mit OFF verwechselt.

Reumann schnappte sich den nächstbesten Kameramann, sprang mit ihm ins Taxi und raste zum Flughafen. Handy sei Dank, erreichte er von unterwegs jemanden, der ihm den Zugang zur Wartelounge für VIPs ermöglichte. Savalas staunte nicht schlecht, als der Reporter, von dem er sich vor Kurzem verabschiedet hatte, auf ihn zustürmte und irgendetwas von einer ganz, ganz wichtigen Frage, die er zu stellen vergessen hatte, daherschwafelte.

Reumann wollte sich keine Blöße geben und sagte nichts von dem peinlichen Fehler des Kameramannes. Außerdem war für eine Wiederholung des Interviews ohnehin keine Zeit mehr. Es ging sich gerade noch eine einminütige Wortspende aus, dann war Savalas weg.

Reumann sollte keine Gelegenheit bekommen, dieses Interview nachzuholen. Telly Savalas verstarb etwa ein halbes Jahr später.

I WETTER

REGEN UND WIND KÖNNEN EINEM NICHT NUR DIE GRILLPARTY VERSAUEN. FERNSEHPRODUKTIONEN IM FREIEN SIND AUCH EIN HAZARDSPIEL.

STÜRMISCHE STARNACHT

Eine Live-Sendung im Freien birgt immer ein wetterbedingtes Risiko. Zwar ist die Bühne bei der *Starnacht am Wörthersee* überdacht, aber die Zuschauer vor Ort würden im Regen stehen bzw. sitzen.
Am Tag der Live-Sendung zeigten sich See und Berge unter blauem Himmel von ihrer besten Seite. Die Arena war ausverkauft und 7000 Besucher freuten sich auf einen warmen Sommerabend mit den Größen der Unterhaltungsmusik.
Anscheinend hatte Petrus schlechte Laune und schob ein mächtiges Adria-Tief Richtung Kärnten. Beten half leider nichts mehr und eine knappe Stunde vor Sendungsbeginn öffnete der Himmel seine Pforten. Und es schüttete. Nicht in Strömen. In Sturzbächen kam das Nass nicht nur von oben, sondern wurde von einem apokalyptischen Sturm auch waagrecht unter das Dach der Bühne gepeitscht.
Binnen Minuten wurde so ziemlich alles unter Wasser gesetzt und vieles zerstört. Alle Besucher waren weg. Wo die 7000 (!) Menschen vor dem Unwetter Unterschlupf gefunden haben, ist ein Rätsel.
Für die Feuerwehr bedeutete das Großensatz, um den Veranstaltungsort wieder trockenzulegen. Scheinwerfer ausgefallen, Computer ausgefallen, Tonanlage ausgefallen, alles, was für eine Live-Übertragung notwendig war, streikte. Für die Techniker ein Supergau.
Die Sendeleitung in Wien wurde informiert, dass möglicherweise die Übertragung nicht stattfinden würde können und man ein Ersatzprogramm bereithalten solle.
Der beherzte Arbeitseinsatz zeigte Erfolg und kurz vor 20 Uhr war tatsächlich wieder alles in Ordnung. Zu früh gefreut! Ein neuerlicher Regenguss setzte abermals alles unter Wasser. Zum Glück dauerte er nur kurz und die Einsatzkräfte hatten ja jetzt schon Übung. Fünf Minuten vor Sendebeginn konnte grünes Licht für die Übertragung gegeben werden.
Nur: Wo war das Publikum?
Die Moderatoren Andrea Ballschuh und Wolfram Pirchner begrüßten punkt 20 Uhr 15 gerade mal 200 Menschen in der Arena, die Platz für 7000 hatte. Ein trauriger Anblick auch für die Fernsehzuschauer.

Die erste Nummer war vorbei und plötzlich waren alle Plätze von begeisterten Fans besetzt. Wie man die Menschenmassen so schnell wieder in das Areal einschleusen konnte, ohne dass die Vorstellung gestört wurde, grenzt an ein Wunder.
Ebenfalls ein Wunder: dass sich Petrus mit seinem nächsten Wolkenbruch bis nach dem Ende der Sendung Zeit ließ!

AM KLO VERSCHOLLEN

Das war jedoch nicht das einzige Unwetter das eine *Starnacht am Wörthersee* zu überstehen hatte. Diesmal war es bei Weitem nicht so schlimm, hatte aber dennoch Folgen.
Fünf Minuten vor Sendebeginn suchte der Bildmeister, der im Übertragungswagen dafür sorgt, dass die von der Regisseurin gewünschten Kamerabilder auf Sendung gehen, noch kurz die Toilette auf. Die war leider am anderen Ende des Areals. Nun setzte just in dem Moment ein Wolkenbruch ein. Alle Zuschauer suchten Schutz. Unter anderem auch unter dem Vordach der Toilette. Als der Bildmeister erleichtert zurück zu seinem Arbeitsplatz wollte, blockierte ihm eine Menschenmasse den Weg.
Inzwischen tickte die Uhr und im Ü-Wagen wurde man etwas nervös. Weniger wegen des Regens, sondern mehr wegen des fehlenden Kollegen. Gerade als die Panik ihren Höhepunkt erreichte, wurde die Tür des Wagens aufgerissen, der triefnasse Bildmeister stürzte direkt in seinen Sessel – und auf die Sekunde pünktlich startete die Sendung.

I WIE EIN BLATT IM WIND

Ein gigantisches Zirkuszelt mit sechs Masten wurde für die Sendung *Oh, du mein Österreich* in Bad Gleichenberg aufgebaut. Das Wetter war schlecht, es stürmte und hagelte, dass es nur so eine Freude war. Unbeirrt von der Unbill des Wetters zogen die Arbeiter die riesige Plane über die Masten. Kaum waren sie damit fertig, erfasste eine besonders kräftige Sturmböe das noch nicht festgezurrte Zelt und trug es wie ein Blatt Papier fort. 100 Meter weiter landete es wieder auf dem Boden. Zum Glück in einem Park, passiert ist nichts. Aber für die Zeltaufbauer hieß es „Zurück an den Start!". Und wir reden hier nicht von einem Campingzelt, das einer allein unterm Arm wieder zurücktragen kann.

Was in weiterer Folge bedeutete, dass der gesamte Zeitplan für den Aufbau der Licht-, Ton-, Kameratechnik durcheinanderkommen würde.

Der Produktionsleiter hatte die angenehme Aufgabe, die Kollegen von der Technik, die schon in den Startlöchern scharrten, zurückzupfeifen. Mit dem lapidaren Anruf:

„Ihr braucht euch nicht beeilen. Wir sind ein bissl in Verzug."

DER ABGESOFFENE FLÜGEL

Bei einer großen Fernsehproduktion, vor allem wenn sie live ist, stehen alle unter Stress. Da muss alles wie am Schnürchen klappen, da ist kein Platz für Fehler. Dementsprechend froh und erleichtert sind alle, wenn alles gutgegangen ist. Nach einer gelungenen Sendung ist es üblich, dass sich die Crew die Steine, die von den Herzen gefallen sind, mit einem feierlichen Schlummertrunk wegspült. So wie nach dem Konzert zum 20-jährigen Jubiläum von Ö3.

Auf der Burgruine Finkenstein in Kärnten gaben Wolfgang Ambros, Reinhard Fendrich und Ludwig Hirsch ein Freiluftkonzert. Mit von der Partie war ein wunderschöner Bösendorfer-Konzertflügel. Das Wetter hatte mitgespielt, was ja bei einer Bühne ohne Dach sehr erfreulich ist. Der Mond leuchtete weiterhin vom wolkenlosen Sternenhimmel und einer kleinen Entspannungstour durch die umliegenden Gastronomiestätten stand nichts im Wege. Abbauen und wegräumen konnte man ja auch noch am nächsten Tag.

Nur, das Wetter spielte dann doch nicht länger mit und es begann in Strömen zu schütten. Was heißt schütten? Die himmlischen Schleusen wurden alle auf einmal geöffnet!

Dementsprechend die Ernüchterung nach dem in zweierlei Weise feuchtfröhlichen Abend. Der Sturm hatte die Plane über dem Lichtregiepult weggerissen und die heikle Elektronik hatte sich wegen des Wassers selber kurzgeschlossen. Das mehrere Hunderttausend Euro teure Gerät hätte am nächsten Tag in München beim *Musikantenstadl* zum Einsatz kommen sollen.

Nicht nur, dass die Reparatur ein Vermögen verschlang, kamen auch noch die Miet- und Transportkosten für ein Ersatz-Lichtregiepult aus Hamburg dazu.

Noch schlimmer hatte es den Bösendorfer-Flügel erwischt. Der war schlichtweg ersoffen. Ein herbeigerufener Klavierexperte konnte nur noch den Exitus des wertvollen Instruments feststellen.

Die Verantwortlichen brauchten Jahre, um über diese Geschichte lachen zu können.

DAS VERSEHENTLICHE GEWITTER

Bei Studiosendungen spielt das Wetter ja zum Glück keine Rolle. Was aber, wenn es außerplanmäßig in einer Live-Sendung donnert?
Es war einmal in den Urzeiten des Fernsehens. Ein Fernsehstück mit Ernst Waldbrunn in der Hauptrolle wurde live übertragen. Es ging um irgendeine Hotelszene. Waldbrunn hatte abzugehen, hinter den Kulissen vorbei und auf der anderen Seite wieder aufzutreten. Auf dem Weg durch den engen Gang, der vollgestopft war mit Requisiten, stieß er die große Blechplatte für den Theaterdonner um. Unüberhörbar. Wie sollte man den Donner, der weder im Drehbuch stand, noch irgendetwas mit der Handlung zu tun hatte, jetzt in einer Live-Übertragung erklären? Waldbrunn reagierte blitzschnell, schnappte sich den Feuerlöschkübel, schüttete sich das Wasser über den Kopf und stolperte pudelnass wieder in die Szene mit den Worten: „Kinder! Wisst ihr, wie's draußen schütt'?"

Ernst Waldbrunn

▌LEGENDÄRE SAGER

VIELE HOPPALAS PASSIEREN JA WÄHREND DER PROBEN UND GEHEN NIE AUF SENDUNG.

KEIN GRUND ZUR NERVOSITÄT

Die Wiener Sängerknaben

1987 wurde das Austria Center in Wien fertiggestellt. Anlässlich der Eröffnung gab es eine Gala mit internationalen Stars wie Filmkomiker Jerry Lewis, US-Sänger Barry Manilow, den Opernstars Agnes Baltsa, José Carreras, Placido Domingo, den Wiener Sängerknaben und und und. Der Event wurde vom ORF live übertragen und auch für ausländische Fernsehstationen aufgezeichnet, um für das Austria Center als Kongress- und Konferenzplatz weltweit Werbung zu machen.

Moderiert hat den Abend Peter Alexander. Der ging noch wenige Minuten vor seinem Auftritt hinter der Bühne auf und ab und memorierte seinen Text. „Guten Abend meine Damen und Herren! ... Herzlich willkommen ... ich freue mich ... Weltstars zu Gast ..." Und so weiter. Er wirkte sichtlich angespannt wie ein Rennpferd beim Start.

Einer der Sängerknaben, der sein Idol dabei beobachtete, ging auf ihn zu und fragte: „Herr Alexander, sind Sie vielleicht nervös?" Peter der Große antwortete dem Knirps im Matrosenanzug: „Ja, ich bin schrecklich nervös. Immer, vor jedem Auftritt." Der Knabe beruhigte ihn: „Scheißen Sie sich nicht an, Sie sind doch eh so gut!"

KEIN LEICHTER TAG

Peter Alexander drehte mit Marika Rökk einen Film in den Rosenhügelstudios.

In der Früh begrüßt ihn der Pförtner mit: „Guten Morgen, Herr Alexander, Sie werden heute keinen leichten Tag haben." Und öffnet den Schranken. Peter denkt sich nicht viel dabei. Der Portier vom Studio begrüßt ihn mit: „Guten Morgen, Herr Alexander, Sie werden heute keinen leichten Tag haben." Etwas verunsichert geht der Schauspieler in die Kantine und bestellt einen Kaffee. Die Dame begrüßt ihn mit: „Guten Morgen, Herr Alexander, Sie werden heute keinen leichten Tag haben. Die Frau Rökk hat nämlich ihre Tage." Oje, denkt sich Peter. Der Ober bringt den Kaffee: „Guten Morgen, Herr Alexander, Sie werden heute keinen leichten Tag haben. Die Frau Rökk hat nämlich ihre Tage."

„Ich hab schon gehört", antwortet Peter.

In der Garderobe begrüßt er seine Kollegin Marika Rökk. Sie zieht ihn zu sich her und flüstert in ihrem berühmten ungarischen Akzent: „Peter, du weißt, ich bin eine Frau. Und da gibt es so Tage, da ist es nicht leicht mit mir." Peter nickt verständnisvoll. Marika fügt verschwörerisch hinzu: „Aber ich sag's nur dir."

I DER WUNDERHEILER

Géza von Cziffra

Géza von Cziffra war als gnadenloser Sarkast vor dem Herrn bekannt. Bei den Dreharbeiten zu einem Film zerstritt er sich mit dem Produktionsleiter. Herr Mohr, der im Krieg einen Arm verloren hatte, war ein äußerst fähiger Mann, nichtsdestotrotz war er bei dem ungarischen Zampano in Ungnade gefallen und musste das Studio verlassen und fürderhin seine Tätigkeit von draußen verrichten.

Der Film war abgedreht und Mohr verabschiedete sich vom Regisseur: „Herr von Cziffra, ich möchte mich verabschieden und bedanken. Es war wegen unserer Differenzen keine leichte Arbeit, aber der Film scheint gut geworden zu sein. Bedanken möchte ich mich, dass Sie mich hinausgeworfen haben. Denn ich hatte ein Magengeschwür und das ist jetzt weg."

Von Cziffra wenig taktvoll: „Machen Sie noch ein oder zwei Filme mit mir, dann wächst der Arm auch wieder nach."

ZU GUT WÄRE SCHLECHT

Peter Alexander drehte einen Film unter Géza von Cziffra. Schon damals musste man beim Film aufs Geld achten. Deshalb wurden die Szenen ruck, zuck heruntergekurbelt. Als wieder eine Szene im Kasten war, ging Peter Alexander zu dem ungarischen Regisseur: „Entschuldigen Sie, Herr von Cziffra, aber ich finde, die Szene war nicht gut. Ich war nicht wirklich gut. Ich glaube ..." Von Cziffra unterbrach ihn: „Können Sie es besser?" Peter Alexander mit dem Brustton der Überzeugung: „Aber sicher kann ich es noch besser! Können wir es noch einmal drehen?" Von Cziffra widerwillig: „Also gut, alles zum Anfang! Auf Wunsch von Herrn Alexander drehen wir die Szene noch einmal!" Und an Peter Alexander gerichtet: „Herr Alexander, bitte seien Sie nicht zu gut, sonst passt es nicht zu den anderen Szenen."

Marika Rökk und Peter Alexander

DER TIEFFLIEGER

Oscar Sima wirkte in über 240 Filmen mit. Weil er meistens in tragenden Nebenrollen besetzt wurde, nannte man ihn den „König der Nebenrollen". Folgende Geschichte trug sich bei Dreharbeiten während des Zweiten Weltkrieges zu.

Eine zehn Minuten lange Szene musste in einem Stück gedreht werden. Daher musste Sima seinen Text perfekt können, damit es zu keinen Unterbrechungen kommen würde. Sima war beinahe beleidigt, dass jemand annehmen könnte, er hätte seinen Text nicht intus. Bei den ersten drei Versuchen patzte er dennoch. Endlich, beim vierten Mal, sprach er fehlerfrei. Großer Jubel, Sima lässt sich für seine groooßartige Leistung feiern.

Doch da meldete sich der Toningenieur: „Tschuldigung, dass ich die allgemeine Euphorie etwas störe, aber wir haben auf den letzten zwei Minuten Tieffliegergeräusche drauf." Der eben noch im Erfolg badende Oscar Sima zornig: „Der Tiefflieger kann mich kreuzweise am Arsch lecken!" Zurück kam: „Tut mir leid, so tief ist er nicht geflogen."

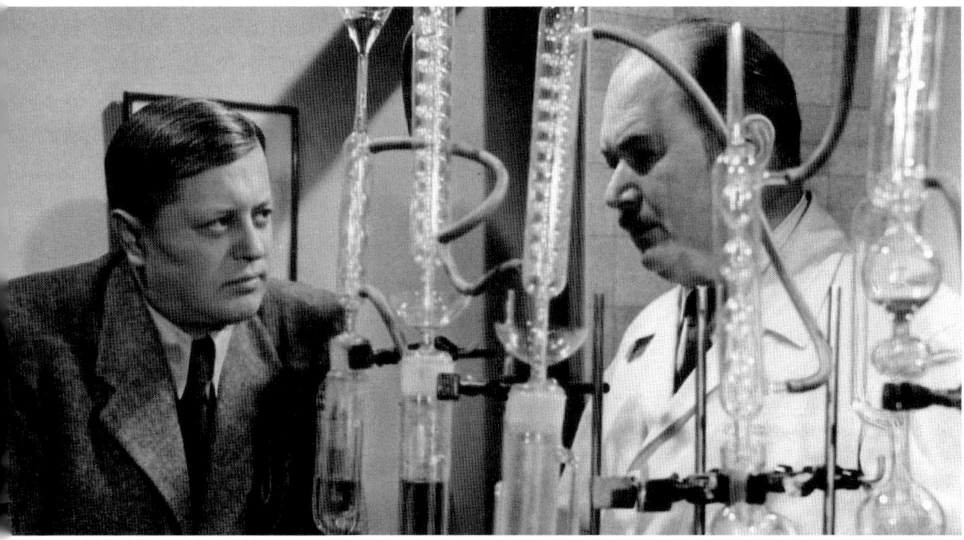

Oscar Sima (r.) und Paul Dahlke

HÖRBINGER

In den früher 1970er-Jahren drehte Paul Hörbiger unter der Regie von Peter Lodynski für ORF und ZDF den Film *Ein Lied aus Wien*. Eine Szene spielte beim Ringelspiel im Böhmischen Prater, dem Vergnügungspark am Laaer Berg in Wien-Favoriten. Die Scheinwerfer und die Kameras lockten viele Schaulustige an. Darunter auch einen sehr aufdringlichen Autogrammjäger. Wann immer Paul Hörbiger in Sicht war, wachelte er mit seinem Autogrammheftchen und rief: „Herr Hörbinger, Herr Hörbinger!"

In einer Drehpause wurde es dem Film- und Theaterliebling der Nation zu bunt und er ging zu dem lästigen Störenfried. Mit strapazierter Geduld und bemühter Höflichkeit schrieb er seinen Namen in das Heft. „Danke, Herr Hörbinger!" Das war zu viel: „HÖRBIGER, ohne N! Du Oasch!", platzte es aus dem sonst so liebenswürdigen Wiener Volksschauspieler heraus.

Farbbild 1: Telly Savalas, „Kojak"
Farbbild 2: Marika Rökk und Peter Alexander
Farbbild 3: Paul Hörbiger

PFEIF MIR DAS LIED VOM TOD

Für die *Peter Alexander Show* nahmen Kammersängerin Christa Ludwig und Peter Alexander im Tonstudio ein Duett auf. Man möchte meinen, dass Frau Ludwig als Profi wusste, wie man sich in einem Tonstudio bei Playbackaufnahmen verhält. Also: nie die Kopfhörer und das Mikrofon zu nahe zusammenbringen, denn das ergibt eine Rückkoppelung, die wiederum der Tonmeister über seine Kopfhörer als extrem schmerzhaftes Pfeifen wahrnimmt.

Nach der ersten Aufnahme nahm die Sängerin ihre Hörer ab und hängte sie auf das Mikro. Dem Tonmeister platzte fast der Schädel, so schnell konnte er mit den Reglern den Ton gar nicht zudrehen. „Liebe Frau Kammersängerin, bitte die Kopfhörer NICHT über das Mikro hängen. Das ergibt schreckliche Rückkoppelungen. Bitte die Hörer auf das Tischerl oder einfach auf den Boden legen. Bitte."

Frau Kammersängerin entschuldigte sich und tat nach der nächsten Aufnahme genau dasselbe. Wieder drang der peinigende Pfeifton tief ins Hirn des Tonmeisters.

Frau Ludwig war es zutiefst unangenehm, durch die schalldichte Glasscheibe, die Technik und Aufnahmestudio trennte, das schmerzverzerrte Gesicht des Mannes an den Reglern zu sehen, und sie versprach, das nie wieder zu tun.

Als sie dann zum dritten Mal die Hörer über das Mikro hängte, platzte dem Tonmeister nicht nur das Trommelfell, sondern auch der Kragen. Er schrie: „Ich mach sie kalt!" Und zwar so laut, dass die Sängerin die Morddrohung über die Kopfhörer vernehmen konnte, obwohl sie diese gar nicht aufhatte.

Frau Ludwig ging hinüber in den Technikraum und bat den verzweifelten Tonmeister ganz höflich: „Darf ich mir die Todesart bitte aussuchen?"

GOTTESLÄSTERUNG

Liza Minelli

Diese Geschichte sollte man gar nicht erzählen, weil sie jeden Freund der österreichischen Küche zum Weinen bringt. Wir erzählen sie trotzdem, aber Sie müssen sie ja nicht lesen.

Nach der letzten *Peter Alexander Show* lud der Showmaster seinen Stargast Liza Minelli auf ein Wiener Schnitzel beim *Eckel*, einem Wiener Nobelbeisl, ein. Alexander ging extra in die Küche, um sicherzustellen, dass Frau Minelli das allerbeste Wiener Schnitzel der Welt bekommen würde.

Es wurde serviert. Ein Traum in goldener Panier, dazu ein Erdäpfelsalat zum Niederknien. Und es kam so, wie es kommen musste: Der amerikanische Superstar griff zur Ketchup-Flasche und ertränkte die kulinarische Köstlichkeit in Tomatenblut.

Peter der Große schrumpfte ob dieser Blasphemie in sich zusammen. Entsetzlich. Die resche Panier vom Ketchup lätschert gemacht, der raffinierte Geschmack des Erdäpfelsalats ruiniert. Für den großen Genießer Peter Alexander ein Graus, das mitansehen zu müssen.

Doch Liza war begeistert: „Your Ketchup in Vienna is REALLY good!"

I WAS FÜR EINE LOBREDE!

Auf der Romy-Gala 2002 durfte man sich anlässlich des 20. Todestages der Namensgeberin der Romy auf einen ganz besonderen Gast freuen. Auf einen internationalen Filmstar deutscher Herkunft, der mit Romy Schneider gemeinsam vor der Kamera gestanden war. Horst Buchholz spielte 1957 an ihrer Seite in dem tragischen Liebesfilm *Monpti* und an diesem Abend sollte er eine Laudatio auf die viel zu jung verstorbene Schauspielerin halten.

Am Vortag der Gala wurden die Auf- und Abgänge der Gäste auf der Bühne für die Kameraeinstellungen geprobt. Für Buchholz' Rede inklusive Weg zum Mikrofon waren etwa zwei Minuten vorgesehen. Die Zeit hat jedoch deutliche Spuren an der körperlichen Verfassung des ehemaligen „deutschen James Dean" hinterlassen. Auf dem halben Weg zum Mikrofon hatte Horst, der in dem Kinowelterfog mit den *Glorreichen Sieben* mitgeritten war, die eingeplante Zeit verbraucht.

Redaktion und Regie baten die betagte Filmlegende, doch bitte am Galaabend etwas schneller zu gehen und sich bei der Rede kurz zu halten. Versprochen.

Am Galaabend im prominent gefüllten Saal warteten alle auf den Auftritt von Buchholz mit einer rührenden Lobeshymne auf seine ehemalige Filmpartnerin.

Auftritt Buchholz unter großem Applaus. Dem Publikum taten vom Klatschen die Hände weh, bis Buchholz endlich beim Mikro anlangte. Es war schnell zu erkennen, dass die Rede, die er zu halten begann, sehr, sehr lang werden würde. Nicht nur das. Sie war auch nicht gerade, sagen wir es mal höflich, unterhaltsam. Und es war auch keine Huldigung an Romy Schneider. Vielmehr ließ sich Buchholz recht uncharmant über seine frühere Kollegin aus. Wie zickig sie gewesen sei, wie egozentrisch und so weiter. Und er hörte nicht auf. Es waren schon gut acht Minuten vergangen, die Planzeit weit überschritten.

Nun konnte man den Mann nicht einfach von der Bühne schieben. So wartete Regisseurin Heidi Haschek auf den Moment, in dem der eigenwillige Laudator eine kurze Pause machte, und zack!, spielte sie eine

Horst Buchholz und Ehefrau Miriam

Filmszene zu. Währenddessen wurde Herr Buchholz höflich von der Bühne geleitet.

Der Redakteur Günter Huber machte sich auf heftige Beschwerden vonseiten des Stars gefasst und setzte sein freundlichstes Gesicht auf: „Alles zu Ihrer Zufriedenheit gelaufen?" Ohne eine Antwort abzuwarten, fügte er gleich lobhudelnd an: „Und so eine schöne Rede!" Buchholz mit einem Strahlen im Gesicht: „Ja, und auch gar nicht lang!"

I SCHLEIMEREI

In seiner Sendung *Willkommen im Club* (von 1985 bis 1992) begrüßte Harald Juhnke internationale Stars zu einem bunten Abend mit Musik, Tanz und humorvollen Sketches. Am Ende der Show gab es immer ein großes Finale, bei dem die Künstler gemeinsam sangen und tanzten. Diesmal war die italienisch-französisch-Schweizer Sängerin/Tänzerin/Schauspielerin Caterina Valente der Stargast und sie sollte mit Harald einen Ausschnitt aus dem Musical *42nd Street* singen. Der berühmte Liedtexter Max Colpet (*Sag mir, wo die Blumen sind*, gesungen von Marlene Dietrich) wurde angefragt, die Nummer, für die Show passend, neu zu schreiben.

Nun, Colpet hatte damals seine besten Zeiten bereits hinter sich, und nicht alle waren glücklich mit dem gelieferten Text, um es höflich zu formulieren. Vor allem Caterina Valente, für die Deutsch ja nicht ihre Muttersprache war, hatte mit den Zeilen „Das Ballehu und das Getu, ja toll geht's zu am Broadway!" so ihre liebe Not.

Was die Künstler nicht wussten: dass bei den Proben auch der für diesen tollen Reim verantwortliche Max Colpet im Studio saß und angetan lauschte, als Harald Juhnke sang: „Hör auf diese alte Melodie, das Wiegenlied vom Broadway!" Die Valente setzte ein: „Das Balletu und das Gehu, ja so ein Scheißtext, wem so was einfällt! Da fallen einem ja die Vorderzähne heraus!"

Der entsetzte Redakteur deutete der aufgebrachten Sängerin, dass dort vorne Max Colpet, der Mann, dem dieser Scheißtext eingefallen war, saß. Die Valente reagierte sofort und kratzte die Kurve, indem sie noch schnell hinzufügte: „Sensationell! Endlich ein Text, der einen Sänger echt fordert! Wunderbar!"

I DIVERSE PANNEN

ES PASSIEREN JA SO VIELE PANNEN BEI FERNSEHEN, RADIO UND THEATER. NICHT ALLE LASSEN SICH IN KAPITEL EINORDNEN.

I JA, WO IST ER DENN?

Der eminente Vorteil einer Aufzeichnung gegenüber einer Live-Übertragung ist die Möglichkeit, im Nachhinein Fehler herausschneiden zu können. Oft dringend nötig. Wie etwa bei einer *Starnacht am Wörthersee* Ende der Neunzigerjahre.
Stargast Albano Carrisi reiste erst knapp vor der Show an. Daher blieb nicht viel Zeit, ihn über die geplanten Abläufe auf der Bühne zu informieren. Aber das sollte kein Problem sein, die Idee war ja recht einfach. Den ersten Teil seines Liedes *Vieni nel sole* (die Urfassung des Sommerhits *Ab in den Süden*) sollte er in der Mitte der Bühne singen und für den zweiten Teil durch das Publikum auf die Seitentribüne gehen.
Alle Kameraleute nahmen ihre Positionen ein. Albano kam auf die Bühne, intonierte „Vieni nel ..." und war verschwunden. Völlig überraschend und ungeplant war Albano sofort ins Publikum zu seinen Fans gegangen. „... sole ...", hörte man ihn singen, aber die Kameras konnten den kleinen Italiener unter den vielen Zuschauern nicht finden.
Zum Glück tauchte der Barde irgendwann wieder auf der Bühne auf und lieferte noch schöne Bilder seiner inbrünstigen Sangeskunst.
Für die Ausstrahlung im Fernsehen war die hektische Suche der Kameras nach Albano natürlich nicht zu gebrauchen. In mühsamer und langwieriger Kleinarbeit bastelte die Regisseurin mit ihrem Team aus den Bildern von Albano auf der Bühne die entsprechenden Bilder für den ersten Teil des Auftritts zusammen, immer darauf achtend, dass sich bei Großaufnahmen die Lippen synchron zur Musik bewegten. Eine Hundsarbeit.
Aber geschafft. Die *Starnacht am Wörthersee* konnte auf Sendung gehen.
Das Telefon läutete. Am anderen Ende der Leitung Gery Lux, der musikalische Leiter des ORF. Das erschöpfte Team erwartete sich ein Lob, dass trotz der Panne alles gutgegangen war. Stattdessen: „Seid ihr wahnsinnig? Ihr habt die Eins weggeschnitten!" Rätselnde Ge-

Albano Carrisi

sichter. Was Lux meinte, war, dass vor dem Einsatz von Albano vier Takte zu hören hätten sein sollen. Aber bei dem Puzzlespiel war keine andere Möglichkeit geblieben, als eben auf diesen ersten Takt zu verzichten.

Und das blieb die einzige Reaktion auf diese schnitttechnische Meisterleistung.

KANN EINEM DIE LUST AUF LIEBE VERGEHEN?

In den 1990er-Jahren wagte der ORF den Versuch, wie dereinst Oswald Kolle den Menschen die Scheu vor sexuell erfülltem Leben zu nehmen. Die Sendung dazu hieß *Lust auf Liebe*.

Es sollte offen über sexuelle Vorlieben und Fantasien geplaudert werden und das alles im öffentlich-rechtlichen Rahmen des guten Geschmacks auch bildlich umgesetzt werden.

Man kann sich vorstellen, dass die Damen und Herren aus Redaktion, Produktion und Technik, die bis dato eher Koch-, Gesanges- oder sonstige kulturell wertvolle und vor allem jugendfreie -Kunst und -Talente in Szene zu setzen hatten, angesichts der neuen Aufgabe zu Beginn etwas aufgeregt waren. Immerhin wurde mit nackten Menschen gedreht! Nackte Menschen, die sich dem erotischen Liebesspiel hingeben, oder zumindest so tun, als ob. Die/der eine oder andere hat möglicherweise vielleicht schon mal zufällig einen Sexfilm gesehen. Aber echt dabei? Und dann auch noch während der Arbeitszeit zum vollen Gehalt? Für die einen die Erfüllung eines Traumes, für andere ein Grund, rot zu werden und zur Beichte zu gehen.

Wie auch immer, die anfängliche Erregung wich bald einer professionellen Gelassenheit.

Wer zufällig das Redaktions- oder Produktionsbüro betrat, konnte Zeuge von irreal anmutenden Telefonaten werden. Kaugummi kauend wurde da mit den Modellagenturen (keine Vermittler von Porno-Darstellern, sondern integre Agenturen) verhandelt: „Oben ohne muss sein. Aber die Brüste nicht zu groß, bitte." „Natürlich muss sie das Höschen ausziehen." „Aber bitte nicht schon wieder einen schicken, der ständig eine Erektion bekommt. Die steht immer ins Bild. Und Sie wissen ja, wir sind öffentlich-rechtlich!" Oder: „Fellatio hab ich gesagt. Okay, für Sie zum besseren Verständnis: Blasen. Ja, richtig. Nein, nicht richtig. Nur so tun, als ob. Nein, sie muss nicht schlucken. Wir sind öffentlich-rechtliches Fernsehen."

Bei den Drehs kam es oft zu peinlichen Situationen. Wenn beispielsweise ein Model von der Agentur geschickt wird, mit der Information, es handle sich um Modeshooting, wobei sie halt auch oben ohne posieren muss. Für ein Profimodel kein Problem an sich. Aber dass es sich um Video handelt und sie dabei sexuelle Akte täuschend echt vollziehen solle, das ging so mancher etwas zu weit. Es spricht für das Einfühlungsvermögen der Redakteure und Regie, dass die gewünschten Bilder zustande kamen und dabei die Menschenwürde nicht verletzt wurde.

Wenn es wirklich hart zur Sache gehen sollte, wurde zu fertigem Hardcore-Material aus der einschlägigen Filmindustrie gegriffen. Um sendetaugliche Szenen zu bekommen, mussten die Sequenzen mit expliziten Darstellungen herausgeschnitten werden. Das konnte bis zu 99 Prozent betragen. Wer schon einen XXX-rated Porno gesehen – oder zumindest davon gehört – hat, kann sich das vielleicht vorstellen.

Apropos vorstellen. Stellen Sie sich bitte folgende Szene vor: Ein junger Cutter muss für einen Kollegen einspringen, um Material für die nächste Sendung zu schneiden. Er hat keine Ahnung, worum es geht. Dass er Chilene ist, ist wahrscheinlich nicht von Bedeutung. Ob die Chilenen prüder oder aufgeschlossener sind, tut nichts zur Sache. Auf jeden Fall sitzt der Bursche im Schneideraum, da kommen die Regisseurin und der Redakteur mit einem Stapel Videokassetten herein. Sie machen es sich gemütlich, legen die Füße auf den Tisch. Und während der südamerikanische Cutter die erste Kassette einlegt, packen die beiden ihre Wurstsemmeln zum Frühstück aus. Auf dem Monitor erscheint ein heftig kopulierendes Paar. Dazwischen immer wieder Nahaufnahmen aus der gynäkologischen Fachrichtung. Dem jungen Mann fallen fast die Augen raus. Und alles, was die österreichischen Kollegen zu sagen haben, ist: „Pimmel weg. Bei Großaufnahme Busen wieder einsteigen. Vagina weg. Zunge ja. Po ja. Pimmel weg. Po ja. Vagina weg." Et cetera. Der Mann vom anderen Ende der Welt versteht die Welt nicht mehr und tut einfach, wie ihm geheißen. Mit roten Ohren, während die anderen gelangweilt am Schokoriegel als Nachspeise kauen.

PUMA AUF DER BÜHNE

Versteckte Werbung ist im öffentlich-rechtlichen Fernsehen nicht erlaubt. Das bedeutet, dass Firmenlogos nur eine bestimmt festgelegte Zeitspanne (von wenigen Sekunden) im Bild sein dürfen. Natürlich gibt es Ausnahmen, wie etwa bei Sportlern. Das ist so, und hier ist nicht der Platz, darüber zu diskutieren.

Manchmal ist es schwierig, die Trennlinie zu ziehen. Wie viele Menschen laufen mit T-Shirts herum, die das Markenlogo prominent auf der Brust oder dem Rücken tragen? Ist das jetzt Werbung oder Bestandteil des Designs? Auf jeden Fall Grund genug für Schwierigkeiten. Wie zum Beispiel bei der *Starnacht am Wörthersee*.

Die *Starnacht am Wörthersee* ist so etwas wie das Hochamt der Unterhaltungsmusik. Um jeden Geschmack zu bedienen, treten auch Künstler auf, die nicht unbedingt der Schlagermusik zugeordnet werden.

In dieser Nacht war es *Starmania*-Star Christl Stürmer.

Terminkollisionen sind üblich. Christl hatte am Samstag, dem Tag der Live-Sendung, Zeit, ihre Band aber nicht. Kein Problem, trat sie eben mit einer Ersatzband auf. Allerdings war vertraglich festgelegt, dass nur Auftritte mit ihrer Originalband im TV gezeigt werden dürfen. Problem. Lösung: Stürmer und ihre Band werden schon am Freitag bei der Probe aufgezeichnet. Am Samstag in der TV-Übertragung wird statt des Live-Auftritts mit der Ersatzband die Aufzeichnung vom Vortag gezeigt.

Klingt kompliziert. Ist es auch. Aber auch üblich.

Christl Stürmer und Band erscheinen zur Generalprobe. Christl im gelben T-Shirt. Sieht gut aus im Rampenlicht. Die Aufzeichnung beginnt. Besonders dynamische Aufnahmen liefert die Steadycam. Das ist jene tragbare Kamera, die ohne Verwackelungen tolle Bilder mitten aus dem Geschehen liefert.

Der Mann mit dem zig Kilo schweren Gerüst um den Bauch geht um die Stürmer herum und zeigt ihre rhythmischen Bewegungen auch von hinten. Und hinten auf dem Rücken der Stürmer steht groß und fett und breit PUMA.

Im ersten Moment hat das noch niemanden gestört. Doch nach Ende der Aufzeichnung wurden Zweifel laut. Ist das Logo auf dem T-Shirt jetzt Werbung oder Design? Wer schon mal mit gefinkelten Anwälten zu tun hatte, versteht, warum sich niemand auf eine Diskussion einlassen wollte.

Wird man eben am nächsten Tag andere Bilder vom Live-Act hineinschneiden. Kein leichter Job, aber machbar.

Machbar, wenn das Licht gleich ist, die Positionen auf der Bühne gleich sind und das Outfit der Künstlerin gleich ist. Das T-Shirt war dasselbe. Aber das war auch schon das Einzige. Aus welchen Gründen auch immer standen die Musiker am nächsten Tag bei der Live-Sendung an anderen Positionen und das Licht war völlig anders. An einen Zusammenschnitt mit den Aufnahmen vom Vortag war nicht zu denken.

Was tun?

In Rekordzeit wurde bei den Szenen mit Christls Rückenansicht das PUMA-Logo bis zur Unkenntlichkeit gepixelt. Das ist bei einem Standbild keine große Sache. Aber die Sängerin stand ja nicht still! Dennoch – in der allerletzten Sekunde lief dann, für den Fernsehzuschauer unbemerkbar, die Aufzeichnung vom Abend davor. Ohne Schleichwerbung.

ANGST VORM PAPST

Papst Johannes Paul II. besuchte 1998 das schöne Salzburg. Der ORF war live dabei.

Die Regisseure Lucky Schmidleitner und Michi Kögler wollten eine Funkkamera auf dem Papamobil montieren, um den Papst groß im Bild zu haben. Was heute bei Papst-Übertragungen gang und gäbe ist, war damals aus nicht ganz nachvollziehbaren Sicherheitsgründen nicht möglich. Aber Lucky und Michi ließen sich etwas einfallen, dem Papst mit der Kamera möglichst nahe zu kommen und sensationelle Bilder zu liefern:

Bei der Messe schickten sie Kameramann Wolfgang Hirschl zur Kommunion. Mit seiner Kamera stand Wolfgang in der Reihe der Gläubigen, um vor seiner eigenen laufenden Kamera die Hostie aus den Händen des Heiligen Vaters entgegenzunehmen.

Die Warteschlange war lang und der Kameramann rückte nur langsam vor. Aber dann waren nur noch 20 Leute vor ihm, dann nur noch zehn und alle warteten gespannt auf die sensationellen Bilder aus seiner Sicht.

Nur noch zwei, nur noch einer und jetzt war Wolfgang an der Reihe und … bog urplötzlich ab und verließ raschen Schrittes mit seiner Kamera die Kirche.

Fassungslosigkeit bei der Regie.

Das Gerücht sagt, dass Wolfgang vorher nicht gebeichtet und deshalb in allerletzter Sekunde ein schlechtes Gewissen bekommen hatte.

DES KAISERS ZU VIELE LOGOS

Robert Palfrader alias Kaiser Heinrich hielt wieder einmal Audienz. Die Redaktion war stolz darauf, die Kandidatinnen für die Miss Austria für einen das Auge erquickenden Gastauftritt zusammengetrommelt zu haben.

Nachdem der Kaiser den letzten Gast verbal ins Verließ entlassen hatte, freute er sich gemeinsam mit dem Publikum auf den Einmarsch der schönsten Maiden des Landes.

Da kamen sie. Eine nach der anderen. Auf hohen Absätzen, in engen Badeanzügen. Jede geziert mit einer Schärpe mit den Insignien ihrer Herkunft. Möchte man meinen. Anstatt „Miss Burgenland" oder „Miss Tirol" prangten die Logos der Sponsoren unübersehbar auf den Körperschleifen.

Schleichwerbung! Würden Sie jetzt rufen.

Die Verantwortlichen, von Redaktion bis Regie, waren so baff, dass sie nicht reagierten. Bei der Probe waren die Schönheiten noch im Alltagsgewand aufmarschiert. Und niemand hatte sich irgendwelche Gedanken über mögliche Probleme mit den Schärpen gemacht. Warum auch? Was sollte denn schon draufstehen außer „Miss XY" auf rot-weiß-rotem Grund?

Aber es stand nun mal was anderes drauf. Vom Wurstfabrikanten bis zum Kamerahersteller. Groß und fett und unübersehbar.

Niemand der Verantwortlichen hat reagiert. Das war wohl so etwas wie ein kollektives Blackout.

Am Ende der Aufzeichnung wagte die Regisseurin zu fragen, ob irgendjemandem etwas aufgefallen wäre. Na ja, schon, sagte die eine. Tja, irgendwie schon, meinte der andere. Kein Problem, meinte noch jemand, man könne das ja im Schnitt bearbeiten. Deshalb müsse man ja nicht die ganze Aufzeichnung neu starten.

Wieder setzte das allgemeine Blackout ein und alle stimmten zu, die Bilder mit den mit Logos verzierten Schärpen einfach zu eliminieren.

Selbst den ausgebufftesten Profis kann es passieren, die Tragweite nicht zu erkennen. Beim Schnitt nämlich musste man feststellen, einen Denkfehler begangen zu haben. Denn – worauf kommt es bei einer Missenparade an? Auf die hübschen Gesichter und, wenn nicht noch mehr, auf die makellosen Figuren. Darauf waren auch die Kameras eingestellt. Eine auf die Gesichter und eine auf die begnadeten Körper – mit Schärpen.

Was war die erzwungene Folge? Anders als der Kaiser und das Publikum im Audienzsaal bekamen die Zuseher auf ihren Fernsehapparaten nur die zugegeben hübschen Gesichter der Missen zu sehen, aber nichts von den Rundungen an den wahlentscheidenden Körperpartien.

Die Regisseurin stuft dieses Debakel als die Krönung ihrer Unzulänglichkeit ein. Wegen ihres Selbstverschuldens. Andere Fauxpas sind auch nicht schlecht. Aber immerhin kann sie sich die Verantwortung teilen. Sozusagen ein Fauxpas de deux.

SCHARTNER BOMBE
OTTO
AMERICAN CHANCE CASINOS
MISS NIEDERÖSTERREICH
SCHARTNER BOMBE
OTTO
AMERICAN CHANCE CASINOS
CHEVROLET
Nikon
2.MISS AUSTRIA 2009

DIETER BASSEY

Für eine Folge von *Wünsch dir was* hatte man sich als Stargast Shirley Bassey gewünscht. Die britische Sängerin sagte zu. Große Freude. Dann große Enttäuschung, denn die Interpretin dreier James-Bond-Titelsongs, darunter *Goldfinger*, wurde am Tag der Live-Sendung krank und konnte nicht kommen. Ersatz war keiner vorgesehen, also war eine Idee gefragt und auch schnell gefunden. Dietmar Schönherr und Vivi Bach würden in der Sendung ein Live-Interview mit der erkrankten Künstlerin führen.

Alles war vorbereitet. Dieter Böttger saß am Regieplatz und hatte Shirley Bassey schon am Telefon. Dietmar Schönherr erklärte dem Publikum, dass der Stargast leider krank, daher nicht kommen, daher am Telefon und so weiter. Er begrüßte die Sängerin und erkundigte sich höflich nach ihrem Befinden. Der Tontechniker schaffte es aber nicht, Frau Bassey auf Lautsprecher zu schalten. Stattdessen schaltete er das Mikrofon von Herrn Böttger auf laut.

Der reagierte instinktiv und begann ins Mikro zu husten.

Der Moderator wähnte Shirley Bassey zu hören und führte das Interview weiter. Dieter Böttger blieb nichts anderes übrig, als auf English zu krächzen und irgendetwas möglichst Unverständliches ins Mikro zu sagen.

Was Schönherr verstand und was er für die Zuseher übersetzte, ist nicht von Belang. Aber er bedankte sich für das nette Gespräch und wünschte baldige Besserung. „Danke – äh – thank yo", hustete Böttger zurück.

Farbbild 1: Wir sind Kaiser
Farbbild 2: Caterina Valente und Harald Juhnke
Farbbild 3: Christl Stürmer
Farbbild 4: Papst Johannes Paul II.

LEBENSRETTER

In den Sechziger- und bis in die Siebzigerjahre war das Fernsehen noch sehr prüde. Quizshows mit harmlosen Gesangs- und Tanzdarbietungen waren das Maß der Dinge. Hans-Joachim Kulenkampff mit *EWG – Einer wird gewinnen* wagte sich mit seinen lockeren Sprüchen schon weit hinaus.

Aber dann mit *Wünsch dir was* gab es eine Revolution. Die Show, erfunden von Dieter Böttger und Josef „Joki“ Kirschner, brach mit den damals geltenden Tabus in der Fernsehunterhaltung. Drei Familien mussten gegeneinander antreten und die auch für heutige Begriffe aberwitzigsten Situationen und Aufgaben gemeinsam meistern oder in Spielen zeigen, wie gut sich die Familienmitglieder untereinander kennen. Traut sich die Tochter, die Schlange anzugreifen? Kann sich die Familie aus einem in einem Pool versenkten Auto selbst befreien? Tritt die 17-jährige Tochter ohne BH unter der Transparentbluse vor die Kameras? Skandale um Skandale.

Die aufgeregtesten Publikums- und Medienreaktionen bekamen die Macher und die Moderatoren Vivi Bach und Dietmar Schönherr wegen des freizügigen Teenagers und der Autogeschichte.

Die Sache mit dem im Pool versenkten Wagen war deshalb so prekär, weil sie offenbar beinahe schiefgegangen wäre.

Zum Verständnis: Wenn ein Auto unter Wasser gerät, lassen sich die Türen durch den Wasserdruck nicht öffnen. Erst wenn man die Fenster herunterlässt und Wasser ins Auto eindringt, herrscht innen wie außen derselbe Druck und die Türen gehen ganz leicht auf.

In der Sendung gerieten die Insassen in Panik und Taucher mussten sie bergen. Es sah zwar alles gefährlicher aus, als es tatsächlich war, aber die Kritiker schossen aus allen Rohren.

Doch ein paar Tage später titelte die Bild-Zeitung: „Wünsch dir was hat mir das Leben gerettet!“

Ein Mann war mit seinem Wagen von der Straße in einen Fluss gestürzt und versunken. Er erinnerte sich an die Szene in der TV-Sendung, kurbelte, wie damals erklärt, die Seitenfenster herunter und konnte so die

Josef „Joki" Kirschner (r.) und Vera Russwurm

Türen öffnen und sich aus dem sinkenden Auto retten. Über spätere positive Auswirkungen der nackten Brüste unter der Bluse des jungen Mädchens ist allerdings nichts bekannt. Aber auch nichts Negatives.

I GELBE ENGEL

Wieder *Wünsch dir was*, wieder Auto. Die drei Familien waren aufgefordert, mit ihren Privatautos zur Sendung anzureisen. Begründung: Man wolle ihre Fahrzeuge einem Sicherheitstest unterziehen. In der Sendung fuhren dann erfahrene Rallyepiloten und bauten live vor den Kameras und den entsetzten Augen der Fahrzeugbesitzer einen fürchterlichen Crash, bei dem alle drei Autos zerstört wurden.
Das sah auch Walter Prskawetz vom ÖAMTC, der die Sendung im Fernsehen verfolgte und sofort im Studio anrief. Zuerst tobte er über die Schande, die diese unfähigen Dilettanten am Steuer über die Berufsgruppe der Rennfahrer gebracht hätten. Und dann kündigte er auch noch an, dass die Gelben Engel vom ÖAMTC schon unterwegs zum Studiogelände wären, um die um ihre vierrädrigen Lieblinge gebrachten Familien wieder heil nach Hause zu bringen.
Was die Kandidaten und Prskawetz nicht wussten: dass die Autos vor der Show durch identisch aussehende Gebrauchtwagen ersetzt worden waren und die Rallyeexperten in Wahrheit Stuntmen waren und natürlich alles beabsichtigt war.

POLITIK IN DER UNTERHALTUNG

Gustav Zeilinger

Politiker im Fernsehen sind nicht lustig. Höchstens unfreiwillig komisch. Aber es gab auch Politiker, die durchaus das Zeug zum Star einer Unterhaltungssendung hatten.

Vor vielen Jahren brachte ein Sonderzug der ÖBB die Riege der österreichischen Politiker vom Villacher Fasching zurück nach Wien. In der Nacht, nachdem sich die Damen und Herren aller Couleurs blendend darüber amüsiert hatten, wie sie von den Faschingsnarren durch den Kakao gezogen wurden. Die Stimmung war prächtig, ein DJ von Ö3 legte Platten auf und der Schlafwagen blieb leer.

Dieter Böttger, der schon mit *Wünsch dir was* seine unorthodoxe Einstellung zum Unterhaltungsfernsehen demonstriert hatte, kam auf die Idee, die illustre Runde im Zug vor der Kamera interviewen zu lassen. Nicht von einem ORF-Moderator, sondern von Gustav Zeillinger, Volksanwalt der Republik von 1977 bis 1983 und – Politiker der FPÖ. Das tat er auch und zwar sehr gut. Er führte launige Gespräche mit den Kollegen der eigenen und der anderen Fraktionen. Es war so ein Spaß, dass Böttger den Beitrag tatsächlich auf Sendung schickte.

Die Reaktionen waren sehr geteilt. Parteipolitisch gesehen war es natürlich ein Skandal, einen Politiker für eine Unterhaltungssendung einzusetzen, noch dazu einem einer Kleinpartei eine so große Bühne zu geben.

Auf der anderen Seite waren Kritiker von Zeillingers Performance als Interviewer begeistert und wünschten sich, dass er seine Ämter niederlegte und von nun an als Unterhalter am Bildschirm zu sehen wäre.

Auch auf Böttgers Mist gewachsen war die Idee, den damaligen Finanzminister Hannes Androsch die *Sparmeisterschaften* im Fernsehen moderieren zu lassen. Auch hier ein Aufschrei aus den anderen politischen Lagern und großes Lob von TV-Kritikern.

Heute wäre das alles unvorstellbar. Das politische Hickhack würde einem Krieg gleichen.

Böttger sagt heute über seine von nicht allen goutierten Entscheidungsalleingänge von damals (und ist damit derselben Meinung wie Michael Niavarani): „Man darf sich einfach nichts scheißen!"

❙ DOPPELMODERATION

2003 wurde in Linz der Energy Globe Award vergeben. Einer der Festredner war der berühmte Unterwasserforscher und Hai-Experte Professor Hans Hass. Der Professor war schon in hohem Alter, aber geistig noch voll fit. Was er aber vergessen hatte zu erwähnen, war, dass er kaum mehr etwas sah. Aufgefallen ist dieses Handicap bei der Vertragsunterzeichnung, als der Produktionsleiter praktisch Hass' Hand führen musste. Das machte ein wenig stutzig. Wie sollte er denn am Abend seinen Text ablesen?
Eine Lösung war schnell gefunden. Eine Souffleuse würde dem Laudator den Text Wort für Wort über ein Funk-Horcherl direkt ins Ohr vorsagen. Er musste dann nur alles nachsprechen.
Hans Hass hatte allerdings noch etwas vergessen zu erwähnen. Nämlich, dass er auch kaum etwas hörte. Das fiel ihm leider erst direkt vor

Hans Hass

seinem Auftritt ein. Das Horcherl in seinem Ohr wurde daher auf volle Lautstärke gestellt. Und wirklich, Hans Hass verstand, was die Souffleuse ihm einsagte. Blöderweise über sein Mikrofon auch das Publikum im Saal. Fast in gleicher Lautstärke hörte man die Souffleuse „Guten Abend meine Damen und Herren" und um eine Sekunde zeitversetzt den Laudator noch einmal „Guten Abend meine Damen und Herren" sagen. Das ging die gesamte Rede lang so. Immer zuerst die Einsagerin und kurz danach der Professor.
Bei einer Live-Sendung eine mittlere Katastrophe. Da es sich um eine Aufzeichnung handelte, beschränkte sich die Katastrophe auf die Regisseurin Heidi Haschek und ihren Cutter. Der Schnitt für die ganze Sendung hätte normalerweise keine drei Stunden gedauert. Aber allein die Worte der Zuflüsterin herauszuschneiden, nahm mehr als sechs Stunden in Anspruch!

UNFÄLLE UND ANDERE FÄLLE

NICHT NUR FILMHELDEN LEBEN GEFÄHRLICH. AUCH JENE, DIE AN DER PRODUKTION ARBEITEN, SOLLTEN GUT VERSICHERT SEIN.

I BAUCHFLECK

Kameramänner/-frauen brauchen eigentlich nichts anderes zu tun, als durch den Sucher zu schauen und das zu filmen, was ihnen der Regisseur sagt. – Ganz so ist das nicht. Da gibt es eine ganze Reihe von Unwägbarkeiten, die diesen Job zum Abenteuer werden lassen können. Der Wörthersee ist am allerschönsten, wenn man ihn von oben betrachtet. Aus luftiger Höhe sieht man das von den Untiefen gemalte Farbenspiel von Tiefblau über Türkis bis ins hellste Grün am besten. Ein Muss-Bild als Einstieg für die *Starnacht am Wörthersee*. Diese Aufnahmen bekommt man bei einem Rundflug mit dem Helikopter. Oder vom Motorboot geschleppt, am Parasail-Schirm hängend.

Das funktioniert folgendermaßen: Der Pilot steht am Strand oder, wie am Wörthersee üblich, auf einer schwimmenden Plattform, bekommt ein Gurtgeschirr umgeschnallt, an dem vorne die etwa 100 Meter lange Leine zum Motorboot befestigt ist. Am Rücken hängt das spezielle Fallschirm-System. Wenn das Boot losfährt und Zug auf die Leine bringt, bläht sich der Schirm auf und der Fallschirmpilot wird in die Höhe gezogen. Das geht so schnell, dass der Höhenflieger kaum einen Ruck verspürt und unverzüglich nach oben schwebt. So hoch hinauf, wie es die Länge der Leine eben zulässt. Üblicherweise so um die 60 Meter.

Kameramann Ferdi Steininger bekam die Gurte und eine wasserdichte Kamera umgeschnallt. Der Bootsführer machte ihn darauf aufmerksam, dass er wegen der Windstille etwas schneller anfahren müsse, damit die Kamera nicht zu viel Wasser auf die Linse bekäme. Also bitte vornüber lehnen und beim Start ein paar Schritte mitlaufen.

Das 300-PS-Boot gab Vollgas und riss Ferdi unversehens von der Plattform in den See. Die schwere Kamera zog ihn trotz Schwimmweste sofort unter Wasser. Das Boot stoppte unverzüglich und der völlig geschockte Kameramann kam prustend an die Oberfläche.

Was war geschehen? Vor lauter Sorge um die Kamera war bei der Montage des teuren Teils völlig darauf vergessen worden, auch den Parasail-Schirm anzuhängen!

Detail am Rande: Das Gurtsystem verläuft auch über die Oberschenkel, damit der Parasail-Pilot im Flug gemütlich darin sitzen kann. Bei dem Brachialstart rutschten die Gurte allerdings in peinlich-sensible Regionen. Die Schmerzen kann sich nur ein Mann vorstellen.

Zur Beruhigung: Der Kameramann wurde danach noch Vater zweier Söhne.

DIE DEKADENTE DIVA

Bei den Proben zur *Starnacht am Wörthersee* 2008 bot sich den neugierigen Zaungästen ein seltsames Bild: Da lag eine Frau auf einer Sonnenliege unter einem Sonnenschirm in der Arena vor der Bühne und gab über Mikrofon strenge Befehle an Künstler und Kameraleute. „Das ist die Regisseurin", raunte man sich zu. „Was für eine dekadente Diva! Macht sich's bequem und lässt die anderen hackeln!"

Was kaum jemand wusste: dass sich Heidelinde Haschek am Vortag verletzt hatte. Bei den Stellproben wollte sie mit Peter Kraus ein Tänzchen wagen. Aber anstatt mit dem ewig jungen Alt-Rock'n'Roller eine kesse Sohle aufs Parkett zu legen, trat sie mit einem Fuß in einen Spalt der noch nicht fertig zusammengebauten Bühne. Kein Beinbruch, aber eine viel schmerzhaftere Muskelprellung war die Folge. Wir reden da nicht von einem kleinen blauen Fleck, sondern von einem tiefschwarzen Bluterguss am gesamten Oberschenkel! Daher also der ungewöhnliche Regieplatz.

Am Abend waren aus dem Übertragungswagen laute Schreie zu hören. Nicht nur für die Umstehenden, sondern auch für alle ORF-Mitarbeiter, die Kopfhörer trugen. In so einem Wagen ist es sehr eng. Heidi konnte nur mit gestrecktem Bein sitzen und hatte den verletzten Körperteil irgendwie zwischen den Sesseln der Kollegen verstaut. Bei jedem Sesselrücken stieß einer der Bildtechniker an, und Heidi konnte die Schmerzensschreie, die von ihrem Mikro übertragen wurden, nicht unterdrücken.

Man war ja gewohnt, dass die Regisseurin manchmal laut werden konnte. Aber so laut war sie noch nie gewesen.

I AU WEH, BABY!

Starnacht am Wörthersee. Irgendwann in den frühen 2000er-Jahren. Einer der Höhepunkte des Abends war DJ Ötzi. Das Publikum lag ihm zu Füßen, als er seinen Megahit *Hey Baby* intonierte. Gerry Friedle alias DJ Ötzi kam im gleißenden Scheinwerferlicht die Showtreppe herunter. „Heeey Baaaby!", sang er und heizte seine Fans an: „Wo sind eure Hääääände?!!" Das Publikum, eine wogende Masse, streckte wie geheißen die Hände seinem Idol entgegen. „Heeeeey Baaaby!", röhrte Ötzi, nahm die letzten Stufen in einem Satz und – „Heeeey Baaaby auweeeeh!" – lag den Bruchteil einer Sekunde später seinen Fans zu Füßen.
Der Anton aus Tirol hatte nicht sehen können, wo die Bühne aufhört, da nur die Treppe von den Scheinwerfen erleuchtet war. Rundherum herrschte tiefstes Schwarz. Nach dem ersten Schock rappelte sich der Entertainer, der als erster Österreicher Platin und Gold in Großbritannien erhalten hatte, zur Erleichterung aller unverletzt wieder auf.
Und das macht einen Gerry Friedle aus: Nach einem arg aussehenden Sturz war er schnell zurück auf der Bühne und begeisterte das tobende Publikum mit seinem Welthit noch einmal. Diesmal bis zum Schluss unfallfrei.

DJ Ötzi

I AUSSER KONTROLLE

Dreh in Wien zu einer Folge der Krimireihe *Tatort*. Regie: Oliver Hirschbiegel, berühmt unter anderem durch *Der Untergang* mit Bruno Ganz als Adolf Hitler.

Für eine Autoverfolgungsjagd wurde die Reichsbrücke gesperrt. Der Bösewicht war in einem schweren Mercedes auf der Flucht. Vor ihm fuhr der Wagen mit Kameramann und Regisseur. Knapp hinter ihm der Verfolger, mit dem Tonassistenten auf dem Rücksitz versteckt, um reale Tonaufnahmen zu bekommen.

Regisseur Hirschbiegel wies den Flüchtenden an, JETZT das Auto ein wenig nach rechts zu verreißen. Der Schauspieler tat wie geheißen,

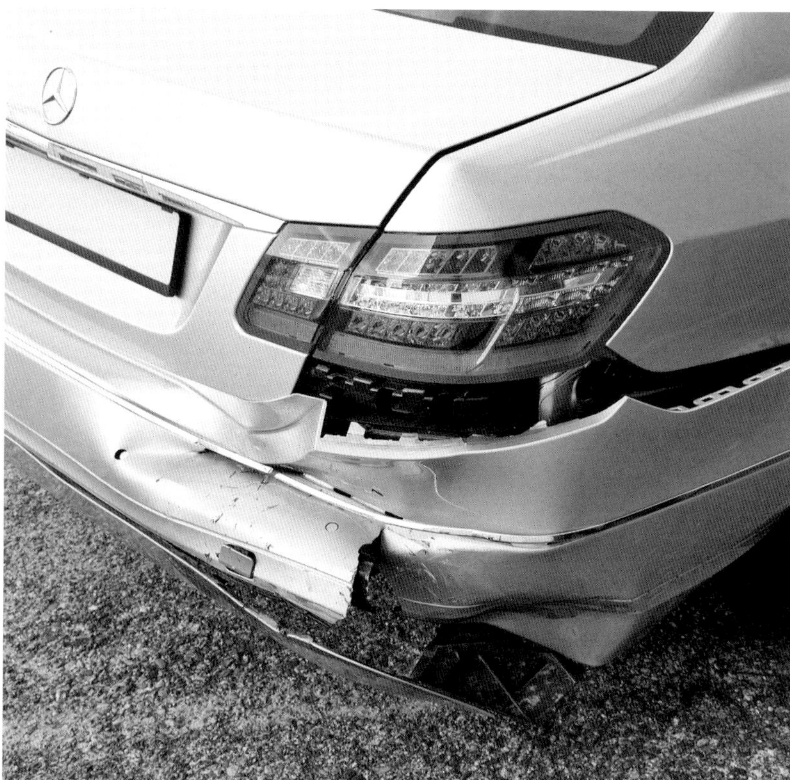

kam aber ins Schleudern und stellte sein Auto quer. Der dichtauf folgende Wagen konnte nicht mehr bremsen oder ausweichen und knallte in das Fahrzeug. Dabei wurde der nicht angeschnallte Tonassistent nach vorne geschleudert und gleich darauf mit der Rettung ins Krankenhaus gebracht.
Das stand allerdings nicht im Drehbuch.
Ein neuer Wagen gleicher Marke wurde besorgt, denn man brauchte ja noch andere Einstellungen von der Verfolgungsjagd. Diesmal stand die Kamera unter einer Brücke. Der Verfolgte sollte auf die Kamera zufahren und die sollte dann mitschwenken, wenn er links abbog.
Kurzer Einschub: Bei einer solchen Szene hat der Kameramann die Aufgabe, das Fahrzeug im Auge zu behalten. Der Kameraassistent hat dafür zu sorgen, dass das sich nähernde Objekt auch immer scharf im Bild ist, und muss die Schärfe am Objektiv während der Kamerabewegung nachjustieren.
Also, der Wagen raste heran. Ein wenig zu schnell. Er bog zwar wie besprochen links ab, kam dabei aber von der Straße ab und krachte gegen den Brückenpfeiler.
Der Kameramann hatte die Nerven behalten und mitgeschwenkt, aber sein Assistent war in Panik geraten und auf die Seite gesprungen.
Dass das Auto zerschellte, war für die Szene egal. Man brauchte für die Szene ja nur den Schwenk vom Abbiegen. Regisseur Hirschbiegel war zufrieden. Kleinlaut meldete sich der Kameraassistent und beichtete, dass er leider nicht mitgeschärft hatte.
Hirschbiegel donnerte: „Merk dir! Egal, was passiert, schärfe IMMER mit!“

DER TOD DES STADL-WASTLS

Karl Moik moderierte von 1981 bis 2005 den *Musikantenstadl*. Ihre Popularität bis weit über die Grenzen Österreichs, Deutschland und der Schweiz hinaus verdankte die Unterhaltungssendung der klugen Mischung aus Volks- und Schlagermusik. Und nicht zuletzt dem Karl Moik, seinem urigen Komoderator Hias und dem Dackel Wastl, der sich als Bühnenmaskottchen in die Herzen der Zuschauer kläffte und heulte.

Eines Tages kam für die Fans die schlechte Nachricht: Wastl war tot. Gestorben an Altersschwäche, hieß es.

Es kursiert allerdings ein hartnäckiges Gerücht, dass Wastl auf andere Weise zu Tode gekommen wäre. Nämlich dass er von Karl Moik höchstpersönlich nach einer Feier versehentlich mit dem Auto überfahren wurde.

Wir betonen ausdrücklich, dass es sich hierbei um keine Behauptung, sondern nur um die Wiedergabe eines Gerüchts, wiewohl aus gut informierten Kreisen, handelt, für das sich niemand finden wird, es offiziell zu bestätigen.

Karl Moik und der Dackel Wastl

O-TON

Im Film wird ja praktisch alles nachbearbeitet. Natürlich auch der Ton. Die Autotür muss satt ins Schloss fallen, der Pistolenschuss den Zuschauer förmlich aus den Socken hauen, die Schritte des Mörders müssen Angst einflößen.
Manchmal ist das Original aber unüberbietbar.
Der Darsteller musste in eine Baugrube springen. Natürlich erledigte dies ein Stuntman. Es wurde alles nach bestem Wissen und Gewissen vorbereitet und mehrere Male geübt. Dann rief der Regisseur: „Action!" Der Stuntman rannte los und sprang. Und sprang weit. Sehr weit. Zu weit. Über die Fangnetze hinaus. Unten in der Grube blieb er mit zwei gebrochenen Knochen liegen. Der Regisseur meinte dazu nur, dass der Ton des Aufpralls gut sei und im Original verwendet werden muss, da alles so „echt" klingt ...

▌IRRTÜMER

PERSONEN VERWECHSELN, DIE FALSCHE RICHTUNG EINSCHLAGEN IST VÖLLIG NORMAL. NUR VOR EINEM MILLIONENPUPLIKUM MANCHMAL PEINLICH

BILL GATES BRAUCHEN WIR NICHT

Die Red Bull Air Race World Championship ist eine Flugzeug-Rennserie, die wie der Formel-1-Zirkus durch die Metropolen dieser Welt tourt. Das Zuschauerinteresse beim schnellsten Motorsport der Welt ist enorm. Die Flugmanöver der Piloten zwischen den Air Gates, den Richtungstoren, bei Tempo 400 zieht auch die internationale Prominenz an.
Zur TV-Übertragung eines Rennens gehört selbstverständlich auch ein Blick in die VIP-Lounge. So auch 2009 in Abu Dhabi.

Bill Gates

Der Regisseur Michi Kögler bekam vom Manager des Rennens, Bernd Loidl, per Funk die Information, dass sich Angelina Jolie und Brad Pitt in der exklusiven „High Flyer Lounge" aufhielten. Sofort schickte er einen Kameramann dorthin, um Bilder von den beiden Filmstars für die internationale Übertragung zu bekommen. Der Kameramann rannte los.
Wenig später meldete er sich über Funk: „Ich hab überall geschaut, die sind nicht da. Aber den Bill Gates hätt' ich vor der Kamera!"
Kögler, der sich um die Bilder vom Rennen, das noch in vollem Gange war, kümmern musste, war konzentriert und kurz angebunden: „Den Bill Gates braucht keiner! Wir brauchen Angelina und Brad!"
Kurz später meldet sich der Kameramann erneut: „Ich find' weder die Jolie noch den Pitt. Aber der Bill Gates ist da und würde sich filmen lassen!"
Der Regisseur ungeduldig: „Nicht den Bill Gates. Den brauchen wir NICHT! Angelina Jolie und Brad Pitt!! Die müssen da sein! Such sie!!"
Nach ein paar Minuten der Kameramann verzweifelt: „Angelina Jolie und Brad Pitt sind nirgends zu sehen. Nur der Bill Gates."
Kögler am Auszucken: „Nicht Bill Gates!! ANGELINA JOLIE und BRAD PITT!!!"
Plötzlich meldete sich der Manager über Funk beim Regisseur: „Sorry, ich hab mich geirrt. Angelina Jolie und Brad Pitt sind gar nicht da. Wir brauchen Bilder von Bill Gates."
Bill Gates war dann nicht mehr da.

EINEN WINK ZU FRÜH

Bruno-Kreisky-Begräbnis 1990. Große Live-Übertragung im ORF. Geplant war, das Eintreffen der ausländischen Staatsoberhäupter im Wiener Parlament direkt zu übertragen, kommentiert von Horst Friedrich Mayer.

Aus welchen Gründen auch immer: Das Protokoll kam etwas durcheinander, und als die Live-Schaltung stand, waren alle Trauergäste bereits angekommen und schon im Parlament. Dort war es nicht mehr möglich, Einzelaufnahmen der Politiker zu zeigen, damit sie der Kommentator vorstellen konnte.

Regisseur Lucky Schmidleitner entschied blitzschnell, die vor dem Live-Einstieg aufgezeichneten Bilder von der Ankunft der Gäste einzuspielen, von Horst Friedrich Mayer kommentieren zu lassen und erst etwas später live zu den Trauerfeierlichkeiten zu schalten. Auf dem Programm stand auch ein Konzert des ORF-Symphonie-Orchesters, das auf Zeichen der Regie beginnen sollte.

Die Aufzeichnungen wurden gesendet, Horst Friedrich Mayer kommentierte jede prominente Persönlichkeit, die da vor dem Parlament aus dem Wagen stieg.

Im Saal wartete das Orchester indessen auf das Zeichen der Regie für seinen Einsatz. Ein Kameramann, der den Dirigenten von zahlreichen Übertragungen persönlich gut kannte, winkte diesem zur Begrüßung freundlich zu. Der Dirigent verstand das als das ausgemachte Zeichen für den Beginn des Konzerts.

Und so begannen die ORF-Symphoniker zu spielen, während Horst Friedrich Mayer noch mitten in seiner Moderation war.

Im Endeffekt ist nichts passiert, außer dass niemand die von HFM gut vorbereiteten, ehrenden Worte über die großen Taten des Altkanzlers zu hören bekam. Und das nur, weil jemand freundlich gewunken hat. Ein Wink des Schicksals?

I AB DURCH DIE MITTE

Horst Winter und die Hoch- und Deutschmeister

Blasmusikkapellen gehören zu den Höhepunkten eines *Musikantenstadls.* Wenn sie so ihre Runden drehen zwischen den Tischen im Saal, gerät das Publikum außer Rand und Band. Besonders beliebt waren immer die legendären „Deutschmeister" unter der Leitung von Horst Winter.

Für Horst und seine Deutschmeister hatte sich Regisseur Kurt Pongratz eine schöne Achterschleife durch den Saal überlegt. Alles wurde genau besprochen, bei welchen Tischen in welche Richtung abzubiegen war. Alles klar, Musik ab. Horst Winter führte seine Kapelle unter dem Jubel des Publikums an, kam nach zehn Sekunden zur ersten Abzweigung und bog in die falsche Richtung ab. Die Musikanten verschwanden immer leiser werdend im langen Gang zu den Garderoben auf Nimmerwiedersehen.

SCHOCK FÜR DIE SCHWEDEN

Bei Abfahrtsläufen im Ski-Weltcup gibt es verkürzte Startzeiten, um das Rennen nicht zu lange dauern zu lassen. Bei Laufzeiten um die zwei Minuten könnten sich die Pistenbedingungen zu sehr ändern und die Zuseher sich langweilen. Das heißt, dass der nächste Läufer schon losfährt, während der vor ihm Gestartete noch auf der Strecke ist.

Auf dem Fernsehschirm sehen wir einen Rennläufer im Ziel abschwingen. Dann für ein paar Sekunden eine Aufzeichnung vom Start des nächsten und diesen dann wieder live ab der nächsten interessanten Passage der Strecke bis zum Schluss. Klingt kompliziert, ist es aber gar nicht, und die Fernsehzuseher sind das seit vielen Jahren gewöhnt.

1981 in Kitzbühel schnallte sich der schwedische Slalom-/Riesentorlaufspezialist Ingemar Stenmark zum einzigen Mal in seiner Karriere die langen Abfahrtslatten an, weil er dringend Punkte in der Kombination sammeln musste, um seine Chancen auf den Weltcup-Gesamtsieg zu sichern. Ganz Schweden hielt damals die Daumen für seinen Ingemar. In der Zuspielung von seinem Start rutschte der zu dieser Zeit mit Abstand beste Slalomläufer der Welt in seinem weißen Rennanzug eher gemütlich wie ein Ski-Tourist die Mausefalle hinunter.

Die Live-Bilder zeigten den Läufer im weißen Rennanzug, wie er in voller Fahrt über die Hausbergkante abhob. Ja, das war endlich der weltbeste Rennläufer, wie ihn die Schweden sehen wollten. Eine Sekunde später kam dieser in einem fürchterlichen Crash zurück auf den Boden. Schweden war geschockt. Ingemar gestürzt! Der Weltcup verloren! Staatstrauer.

Aber es war Hans Enn in seinem weißen Anzug, der sich wieder aufrappelte, während sich Ingemar noch immer vorsichtig die Streif hinuntertastete.

Im Stemmbogen. Stenmark erreichte mit 10,72 Sekunden Rückstand auf den Sieger, den „Crazy Canuck" Steve Podborski, mit Rang 34 das Ziel.

Beim Hin-und-her-Schalten zwischen Zuspielung und Live-Bildern hatte wohl jemand die beiden so ähnlich aussehenden Anzüge ver-

Ingemar Stenmark

wechselt und irgendwie durcheinandergebracht. Das hätte einer ganzen Nation fast einen Herzinfarkt beschert.
Das Abenteuer Streif hat sich für Stenmark übrigens nicht gerechnet. Mit nur sechs Punkten Rückstand wurde er im Gesamtweltcup Zweiter hinter dem Amerikaner Phil Mahre.

P.S.: Den bis heute gültigen Streckenrekord hält Fritz Strobl mit 1:51,58 Minuten und einer Durchschnittsgeschwindigkeit von 107 km/h (1997).

AUFS FALSCHE BOOT GESETZT

Dreharbeiten zu einer Folge der romantischen TV-Serie *Das Traumhotel* am Strand von Lombok, der Nachbarinsel von Bali. Regisseur Otto Retzer wollte, dass Hauptdarsteller Christian Kohlund mit seiner Filmpartnerin im Sonnenuntergang ein blumengeschmücktes Boot besteigt. Für die Szene war nur wenige Minuten Zeit, denn die Sonne versinkt in diesen Breiten ruck, zuck im Meer.

Mehrere Blumenboote schaukelten in den Wellen und man wartete auf den richtigen Moment. Die Sonne war kurz davor, am Horizont blutrot zu versinken. Retzer rief „Action!", die Schauspieler versuchten eines der Blumenboote zu erklimmen. Dieser und die nächsten beiden Versuche schlugen fehl, weil einerseits die Bordwand, andererseits die Wogen zu hoch waren.

Gerade bevor die Sonne mit ihren letzten Strahlen gute Nacht sagen wollte, erklommen die beiden Schauspieler doch noch das Boot. Im selben Moment kam eine noch größere Welle daher. Als sie an den Strand rollte, rollte das Schiffchen gleich mit und die Besatzung ging kopfüber baden.

Die Dreharbeiten mussten für diesen Tag abgebrochen werden, nicht zuletzt, weil Kohlund wutschnaubend das Weite suchte.

Die Stimmung am Strand war nicht besonders gut. Warum war alles schiefgegangen? Warum war das Boot zu hoch? Warum hat es niemand ordentlich festgehalten? Antwort: Es war das falsche Boot! Das für den Dreh vorgesehene, deutlich flachere Schinackel lag einige Meter weiter im Wasser. Festgehalten von kräftigen Balinesen. Das Einsteigen wäre ein Kinderspiel gewesen.

Die Sprachbarriere hatte zu Kommunikationsproblemen geführt. Auf das Kommando des Regisseurs brachte der nächstbeste Fischer sein Boot, das nur als Hintergrundkulisse gedacht gewesen war. Den Rest kennen Sie ja jetzt.

Ach ja, die Szene konnte erst fünf Tage später gedreht werden, weil jedes Mal pünktlich zu Sonnenuntergang Wolken aufzogen.

I VOLLTREFFER

Die Biathlon-WM 1989 in Feistritz an der Drau war bildtechnisch für den ORF ein Desaster. Kein Schnee weit und breit. Man konnte nur Läufer zeigen, die auf einem schmalen, mehr braunen als weißen Schneeband ihre Runden durch die Landschaft zogen. Umso mehr bemühte man sich, doch noch beeindruckende Bilder zu liefern. Auf einem Hang, in sicherem Abstand, wurde hinter den Zielscheiben des Schießstandes eine Kamera positioniert. Mit dem leistungsstarken Teleobjektiv wollte man die konzentrierten Gesichter der Biathleten beim Schießen von vorne zeigen. Solche Bilder gab es bis dato noch nicht von einer Weltmeisterschaft.

Vor dem eigentlichen Bewerb feuerten die Schützen einige Probeschüsse ab, um den Einfluss der herrschenden Winde besser mit einkalkulieren zu können. Inzwischen mühte sich der Kameramann den Hang hinauf, um seine Position hinter der Spezialkamera einzunehmen. Nur noch wenige Meter entfernt, hörte und sah er, wie das Objektiv der Kamera in tausend Stücke zersprang!

Ein russischer Biathlet hatte das teure Teil abgeschossen. „Versehentlich", wie er beteuerte. Wenn man weiß, dass die Schützen auf 50 Meter Scheiben mit einem Durchmesser einer fast aufgebrauchten Klopapierrolle treffen, dann klingt „versehentlich" nicht sehr glaubwürdig. Noch dazu, wo die Russen ihre Treffsicherheit bei dieser WM mit sieben Medaillen unter Beweis stellten.

RÜCKWÄRTSDRANG

In den 1980er-Jahren gab es auf dem Österreichring ein Promi-Rennen zugunsten der Österreichischen Sporthilfe. In der ersten Startreihe fieberten ORF-Regisseur Lucky Schmidleitner und der berühmte Motorsportfachmann Heinz Prüller in ihren Boliden dem Startsignal entgegen. Die Ampel sprang von Rot auf Grün, die Motoren heulten auf und das Feld schoss nach vorn. Außer Heinz Prüller. Der raste zurück. Prüller hatte versehentlich den Rückwärtsgang eingelegt. Wie durch ein Wunder konnte der Fahrer hinter ihm noch ausweichen. Angeblich wurde Prüller bei diesem Rennen noch Zweiter. Ob von vorne oder hinten, ist nicht mehr bekannt.

GARAGE-BAND

Wieder Horst Winter mit seinen Deutschmeistern. Diesmal als Gast bei *Licht ins Dunkel* am Heiligen Abend.

Regisseur Otto Anton Eder hatte es sich so schön ausgedacht: Die Kapelle zieht, von einer Funkkamera begleitet, bei der festlich geschmückten Einfahrt des ORF-Zentrums am Küniglberg ein, marschiert über die Zufahrtsrampe hinauf zum Haupteingang und weiter direkt ins Studio.

Es waren tatsächlich bewegende Bilder, wie die Deutschmeister in weihnachtlicher Festbeleuchtung in das Gelände des ORF-Zentrums einmarschierten, die Rampe hinauf Richtung Eingang, bis der schon etwas betagte Kapellmeister zu früh abbog und die Blasmusik in die Garage führte.

Den Kommentar von Otto Anton Eder geben wir hier nicht wieder.

DER BLONDE HÜNE AUS BRASILIEN

Wenn bei einer Fußball-WM in den ersten Runden zwei Spiele gleichzeitig stattfinden, ist es üblich, dass beide live übertragen werden und zwischen den Matches hin- und hergeschaltet wird. So auch bei der Fußball-WM 1974 in Deutschland. Eines der parallel laufenden Spiele kommentierte Peter Beilner. Die ORF-Regie in Wien gab ihm das Zeichen, dass er auf Sendung wäre. Allerdings hatte jemand vergessen, auch das Bild von seinem Match „on air" zu geben. So *sahen* die Fernseh-Zuschauer das Spiel Brasilien gegen Holland und *hörten* dazu Beilners Kommentar zu Schweden gegen Deutschland.

Das Publikum war verwirrt. Der Regie fiel der Fehler erst auf, als ein eher kleinerer, dunkelhäutiger Brasilianer den Ball von der Outlinie einwarf und Beilner die Situation mit „... im Ballbesitz der blonde Hüne ..." kommentierte. (Gemeint war der Schwede Roland Sandberg.)

Peter Beilner hatte von der Bild-Ton-Mischkulanz nichts mitbekommen und musste sich am nächsten Tag am Flughafen in Wien bei der Passkontrolle sehr wundern. Der Zollbeamte prüfte seinen Pass, erkannte den Sportreporter und erinnerte sich an das Verwirrspiel der Live-Übertragung vom Vorabend: „Na, Herr Beilner, waren wir gestern ein bissl ang'soffen beim Kommentieren?"

Beilner war völlig perplex und verstand gar nichts. Erst Stunden später, zurück im ORF-Zentrum, erfuhr Beilner, was geschehen war. Die Bezeichnung „blonder Hüne" für den dunkelhäutigen Brasilianer wurde als „Verarschung" ausgelegt.

I DER KOLLER

Christoph Wagner-Trenkwitz

Christoph Wagner-Trenkwitz ist vielen als Meister des geschliffenen Wortes von zahlreichen Opernball-Übertragungen bekannt.
Wagner-Trenkwitz ist viel unterwegs und suchte als vornehmer Mensch ein Taxiunternehmen mit einem gediegenen Service. Der Produktionsleiter Laszlo Fekete wusste wie immer Rat und empfahl ihm das Taxi-Unternehmen Koller (keine Schleichwerbung!).
Eines Abends benötigte Wagner-Trenkwitz wieder einmal dringend ein Taxi und bat Fekete um die Nummer vom Koller.
Wenig später rief Wagner-Trenkwitz noch mal bei Fekete an und empörte sich auf seine typische nasale Art: „Laaszloo, du Waahnsinniger! Das war die Nummer von der Daagmar Koller!“

STREICHE

NICHT NUR GERHARD BERGER IST ALS SPASSVOGEL BEKANNT, DER GERNE ANDEREN EINEN BÖSEN STREICH SPIELT.

DER PASSFÄLSCHER

Gerhard Berger hatte 1989 einen schrecklichen Unfall in Imola. In der Tamburello-Kurve schoss sein Ferrari mit 280 km/h von der Strecke und fing beim Aufprall sofort Feuer. Nur das schnelle und beherzte Eingreifen der Streckenposten rettete ihm das Leben.

Für den TV-Rückblick auf die Sport-Highlights des Jahres im ORF wollte Michi Kögler gemeinsam mit Regiekollege Fritz Melchert und Sigi Bergmann den Formel-1-Star mit seinen Rettern von damals zusammenbringen. Gerhard Berger war sofort einverstanden und lud seine Lebensretter kurz vor Weihnachten in sein Haus in Söll ein. Es wurde ein sehr emotionales Wiedersehen mit rührenden Bildern vor dem Christbaum. Und es wurde auch ausgelassen gefeiert.

Als sich in der Nacht die ORF-Truppe auf den Heimweg machen wollte, war Berger damit nicht einverstanden und entwendete kurzerhand Köglers Pass, um seine Gäste zum Bleiben zu bewegen.

Auf Köglers Drängen – immerhin hatte er noch eine lange Fahrt von Tirol nach Wien vor sich – rückte Berger schließlich den Pass heraus. Aber nicht, ohne ihn noch schnell zu verunstalten. Mit dem Kugelschreiber setzte er Köglers Passfoto eine Brille auf und ließ ihm einen Bart wachsen. Zudem ersetzte er beim Feld für besondere Merkmale das „Keine" durch witzige Bemerkungen. Berger freute sich wie ein Kind über seinen Lausbubenstreich. Kögler konnte diese Begeisterung nicht ganz teilen. Aber was sollte er machen?

Man verabschiedete sich und Kögler setzte sich zu Melchert ins Auto. Damals gab es noch strenge Grenzkontrollen zwischen Deutschland und Österreich und Kögler machte sich Sorgen, was die Zöllner zu seinem Pass sagen würden. Melchert schlug vor, über das kleine Deutsche Eck zu fahren, denn am 22. Dezember um elf in der Nacht würde dort sicher nicht so genau kontrolliert werden.

Es kam, wie es kommen musste. Ausgerechnet in dieser Nacht schob ein besonders strenger Grenzbeamter Dienst. Als er Köglers Pass sah, wurde er sehr ernst und sprach von Dokumentenfälschung. Die Geschichte, dass ein Mann wie Gerhard Berger dafür verantwortlich sein

180 cm
BLAU
Kinder/Enfants/Children
TICK, TRICK UND TRACK
AUT
KÖGLER
MICHAEL
GEBÜHR ENTRICHTET

ORF
ORF

sollte, wollte er nicht glauben und hielt sie für die frechste Ausrede des Jahres.

Melchert versuchte mit allen Mitteln, den Beamten gnädig zu stimmen. Er könne doch seinen Kollegen nicht hierlassen. Zu Hause warteten die Kinder (die es gar nicht gab) und Weihnachten und überhaupt und bitte und so weiter.

Schlussendlich ließ sich der Grenzbeamte erweichen und die beiden konnten ihre Fahrt fortsetzen. Allerdings gab es für Kögler eine Anzeige und er musste dem Bezirksvorsteher wegen „Dokumentenfälschung" Rede und Antwort stehen.

Auch der wollte die Geschichte von Gerhard Berger als Untäter nicht glauben.

Es kostete Kögler viel Überredungskunst, den Beamten davon zu überzeugen, dass keine vorsätzliche Straftat vorlag, und er versprach, auf sein neues Reisedokument künftig besser aufzupassen.

Nie wieder hat Kögler Berger näher als 100 Meter an seinen Pass herangelassen.

Farbbild 1: Michael Köglers Pass
Farbbild 2: Karl Moik
Farbbild 3: Otto Retzer (r.) und Ehefrau Shirley
Farbbild 3: Heinz Prüller

EIN SCHUH IST KEIN SCHUH

Regisseur Lucky Schmidleitner und Reporter Peter Beilner auf einer Dienstreise in Italien. Damals in den 1980er-Jahren war unser südliches Nachbarland noch das Eldorado für den günstigen Kauf von modischen Schuhen.

Beilner war keiner, der viel Geld für Kleidung ausgab. Aber ein Paar braune Designerschuhe gefiel ihm so gut, dass er zuschlagen musste – obwohl, trotz des günstigen Wechselkurses, nicht gerade billig.

Als die beiden ORF-Mannen das Auto für die Heimreise packten, nahm Lucky einen Schuh aus Beilners Einkaufssackerl und versteckte ihn unter dem Sitz. Während der Fahrt sprach Lucky immer wieder von den schönen Schuhen und bestärkte seinen Kollegen darin, dass dieser einen guten Kauf getätigt hatte. Peter war sichtlich stolz und kramte den Plastiksack mit den Schuhen hervor. Als er sie herausholen wollte, um sich an ihrem Anblick zu ergötzen, versteinerte sein Gesicht. Da war nur ein einziger Schuh! Beilner war überzeugt, den zweiten im Geschäft vergessen zu haben. Umkehren war keine Option, da man schon mehrere Hundert Kilometer vom Ort des Einkaufs entfernt war. Beilner ärgerte sich dermaßen, dass er vor lauter Wut das Fenster der Beifahrertüre herunterkurbelte und den Schuh bei voller Fahrt auf der Autobahn aus dem Wagen warf. „Dann brauch ich den auch nicht mehr!"

Lucky, der seinen Spaß doch etwas zu weit getrieben hatte, wartete noch einige Zeit, bis er unter seinen Fahrersitz griff und den anderen Schuh hervorzauberte. In einem Comic gäbe es über dem Bild von Peter Beilners Zornesausbruch eine Sprechblase mit mehreren Totenköpfen, Bomben, Pistolen und Messern. Wir verzichten auf die Wiedergabe seiner Worte.

I MOIK IM KÄFIG

Karl Moik hatte sich für seinen Begrüßungsauftritt beim Sylvester-*Stadl* in Linz etwas Besonderes ausgedacht: Wie der Magier David Copperfield wollte er in einem Käfig von hoch oben auf die Bühne hinuntergelassen werden.

Ein Käfig wurde gebaut und mit Sylvester-Glückssymbolen geschmückt. Bei der Generalprobe bestieg Moik erstmals seinen mit Schweinderln und Rauchfangkehrern und Kleeblättern verzierten Käfig und wurde bis zum Plafond der Halle hochgezogen. In etwa 15 Metern Höhe hörte Moik den Regisseur Peter Pongratz durchs Mikrofon ankündigen: „Mittagspause!"

Schlagartig verließen alle Mitarbeiter die Halle und ließen Moik in seinem luftigen Gefängnis einfach hängen. Moik glaubte an einen dummen Scherz. Doch als er nach einigen Minuten noch immer hilflos von der Decke baumelte, kam ein unangenehmes Gefühl in ihm auf: „Die haben mich echt vergessen!"

Hatten sie nicht. Es war wirklich ein Scherz. Alles war abgesprochen und schon bald hatte Moik wieder festen Boden unter den Füßen.

WAS IST EIN ROLLER?

Ein Roller, auch Schlussroller genannt, ist die Auflistung aller, die an der Sendung mitgearbeitet haben. Vom Moderator über den Buchautor, Kamera, Licht, Bühne, Kostüme, Redaktion, Regie und so weiter. „Roller" deshalb, weil diese Namensliste am Ende der Sendung von oben nach unten über den Bildschirm läuft. Manchmal auch von rechts nach links (vom Zuseher aus gesehen).
Das müssen Sie nicht wissen. Aber ein Inspizient beim Fernsehen schon. Ein Neuling hat natürlich das Recht, bei dem internen Fachjargon noch nicht ganz sattelfest zu sein. Wenn aber einer sich einbildet, die Weisheit mit dem Löffel gefressen zu haben, und nicht weiß, was ein Roller ist, dann wird er leicht zum Ziel eines üblen Scherzes.
So geschehen bei den Proben für eine Folge von *Wer A sagt*. Ein neuer Inspizient, der vor Selbstbewusstsein fast zu platzen drohte, stellte, als er den Ablauf der Sendung las, die Frage: „Was ist der Schluss-Roller?"
Die Antwort des befragten Kollegen: „Den musst du am Schluss reinrollen."
Und wirklich stand am Ende der Proben ein Flipchart auf Rädern neben der Bühne. Darauf groß geschrieben: SCHLUSS-ROLLER.
Der Inspizient zögerte, denn er war sich nicht sicher, ob er dieses Teil wirklich auf die Bühne schieben sollte.
Regisseur Otto Anton Eder war in den Streich eingeweiht und täuschte einen seiner berüchtigten Zornausbrüche vor: „Wo ist der Schlussroller verdammt noch mal!!!!!!!"
Wenn Sie die Geschichte über Otto Anton Eders Wutanfälle gelesen haben, wären Sie sicher lieber nicht in der Haut des armen Jungen gesteckt.

REISE-HOPPALAS UND TEURE ANGELEGENHEITEN

… DANN KANN ER WAS ERZÄHLEN.

MISTER CHAMBRE

Fußball-WM in Mexiko 1986. Der ORF-Kommentator Gerhard Zimmer musste nach einem Spiel noch in der Nacht zum nächsten Austragungsort fliegen. Was er nicht wusste, war, dass die Maschine nach Guadalajara eine Zwischenlandung einlegen würde. Wie alle Passagiere verließ auch Zimmer die Maschine, wähnte sich in Guadalajara und nahm ein Taxi ins Hotel Hilton. Da es ja praktisch in jeder großen Stadt ein Hilton gibt, fiel der Irrtum nicht auf.
Im Hotel an der Rezeption verlangte Zimmer sein Zimmer. Aber es gab kein Zimmer für Herrn Zimmer. Zimmer dachte daran, dass sein Name irrtümlich übersetzt worden war, und fragte nach einem Room für Mister Room. No Room for Mister Room. Er übersetzte seinen Namen in alle erdenklichen Sprachen. Aber auch für Senor Habitación, Signore Camera und Monsieur Chambre gab es kein Zimmer.
Es war zwei Uhr nachts und dem verzweifelten Zimmer wurde plötzlich bewusst, dass er in der falschen Stadt war! Also mit dem Taxi zurück zum Flughafen. Dort musste der völlig übernächtige Zimmer sechs Stunden auf den Weiterflug nach Guadalajara warten.
Am nächsten Tag zu Mittag war Zimmer endlich im richtigen Hotel und dort war tatsächlich ein Zimmer für ihn reserviert: auf den Namen Chambre!

I TEURER FLUG

Für die Reisesendung *Seitenblicke Holiday* war ein Kamerateam in der Karibik unterwegs. Von der Dominikanischen Republik sollte es nach Jamaika gehen. Direktflug gab es keinen. Via Miami wäre eine Möglichkeit gewesen. Die mühsamen Zollformalitäten für das Equipment in den USA wollte man sich ersparen und wählte daher die Route über Curaçao, eine der ABC-Inseln der Niederländischen Antillen nahe Venezuela.

Beim Landeanflug auf Curaçao machte das Seitenblicke-Team einen Seitenblick aus dem Fenster und sah ein Flugzeug in Richtung Startbahn rollen. Kameramann Ferdi Steininger meinte im Spaß: „Jö schau, da rollt schon unser Flieger nach Jamaika!"

Da sonst kein Flugzeug zu sehen war, bekamen alle ein etwas mulmiges Gefühl. Im kleinen Flughafengebäude fragte man nach dem Ausgang für den Flug nach Jamaika. Die lapidare Antwort: „Sorry, gate already closed." Ein Redakteur drängte sich durch die Sicherheitskontrolle, zwei kräftige Security-Männer setzten ihm nach. Der Redakteur kam nicht weit. Sein lautstarker Protest brachte ihm nichts, außer der Androhung von Arrest.

Der Redakteur beruhigte sich zwar wieder, aber der Flieger war weg.

Nächster Flug? In fünf Tagen. Drehtermin aber am nächsten Tag.

Um rechtzeitig nach Jamaika zu kommen, blieb nichts anderes übrig, als ein Privatflugzeug zu chartern. Es gab aber keines auf der Insel. Also bestellte man eines aus Venezuela. Um läppische 7000 (!) Euro. In bar. Blöd, dass gerade niemand 7000 Euro in bar in der Hosentasche hatte. Also ging man auf die Bank, jeder zückte seine Kreditkarte und hob ab, was sein Kartenlimit hergab.

Am nächsten Tag um sieben in der Früh wartete tatsächlich das Flugzeug aus Caracas. Der Pilot begrüßte seine Passagiere freundlich mit „Where is the money?", nahm das Kuvert mit dem Geld und brachte die völlig entnervte Mannschaft nach Jamaika.

Ohne Rechnung natürlich. Man kann sich vorstellen, wie einfach das ist, diese Ausgabe ohne Beleg vor dem Auftraggeber zu rechtfertigen.

DIE GLETSCHER-BIENE

Das Bayerische Fernsehen drehte gemeinsam mit der berühmten Hollywood-Filmproduktionsfirma Columbia Tristar eine actionreiche TV-Serie, die in der Snowboardszene spielt. Die besten Snowboarder zeigten in *Powder Park* die unglaublichsten Stunts in den atemberaubendsten Bergkulissen.

Die Handlung spielte in den Rocky Mountains. Gedreht wurde auch im österreichischen Zillertal.

Das 160 Mann (und Frau) starke Filmteam befand sich an jenem Drehtag auf dem Gletscher, als der Regisseur aus dem Drehbuch las und die nächste Szene ankündigte: „Eine Biene sticht Boris in die Wange."

Zögern bei den Crewmitgliedern. Woher jetzt eine Biene auftreiben. Einige versuchten sich als Tierstimmenimitatoren und summten herum.

Bis es jemandem wie Schuppen von den Augen fiel: Eine Biene sticht Boris in die Wange? Auf einem Gletscher in über 3000 Metern Höhe? Die Drehbuchautoren aus USA und Norddeutschland hatten sich das lustig vorgestellt, aber keine Ahnung, dass es in diesen Höhen gar keine Bienen gibt!

Die Szene konnte so nicht gedreht werden, weil man sich mit so viel Unwissenheit ja lächerlich machen würde. Die Dreharbeiten wurden für Stunden unterbrochen, bis für die Stelle im Skript eine Alternative gefunden wurde. Wahrscheinlich hat dann eine Bergdohle Boris auf den Kopf gemacht oder was Ähnliches.

VIER MILLIONEN FÜR 20 SEKUNDEN

Um einen sehr kurzen, aber für die Handlung einer Folge der Snowboard-Serie *Powder Park* sehr wichtigen Kameraschwenk über eine Schlucht zu machen, musste die gesamte Filmcrew ins Zillertal reisen. Am Morgen des Drehtages dauerte es rund dreieinhalb Stunden, den Tross vom Ort Hintertux hinauf bis fast auf den Gipfel zu bringen. Leute und Equipment zuerst mit den Liften bis zur Bergstation befördert und dann weiter mit dem Ratrac. Der musste natürlich öfter fahren, weil nicht mehr als 25 Personen auf dem Schneefahrzeug auf einmal transportiert werden konnten. Und das Team umfasste gut hundert Leute.

Endlich oben angekommen, schlug das Wetter um. Man wartete noch eine Weile zu und machte sich dann unverrichteter Dinge auf den Weg zurück ins Tal. Wieder dreieinhalb Stunden lang. Eine Million Schilling waren futsch, denn so viel kostete ein Drehtag, auch wenn nicht gedreht wurde.

Am nächsten Tag dieselbe Prozedur. Um sechs in der Früh alles in die Gondel verfrachten, umsteigen auf die Skilifte, umladen auf den Ratrac. Alles aufbauen und zusehen, wie die Wolken den Berg verhüllen. Wieder alles zusammenpacken und talwärts.

Am dritten Tag machte das Wetter erst Hoffnung und dann doch einen Strich durch die Rechnung. Erst beim vierten Anlauf waren die Bilder im Kasten. Eine Szene von gerade mal 20 Sekunden hatte somit vier Millionen Schilling (immerhin fast 300.000 Euro) verschlungen!

I BUNTE MISCHUNG

VON ROSEN, BUSEN UND WATSCHEN

I DER ZWERG VOM DIENST

Bei der Romy-Gala tummeln sich die Lieblinge der Fernsehzuschauer. Einige Mitarbeiter des ORF haben das Privileg, diesen auf Tuchfühlung nahezukommen. Maskenbildner oder Redakteure zum Beispiel.

Ganz nah durfte den Stars auch der junge Mann kommen, der die Trophäen an diesem speziellen Abend auf die Bühne bringen sollte. Nur wenige Zentimeter trennten ihn von den beliebtesten TV-Stars des Jahres. Allerdings war der Bühnenboden dazwischen. Das klingt verwirrend? Lassen Sie es sich erklären:

Die Bühnenbildner hatten die Idee, die goldenen Romys für die Übergabe aus einer Säule mitten auf der Bühne erscheinen zu lassen. Das war eine brusthohe Röhre mit einer Art Lift drin, der die Statuette nach oben beförderte, sodass sie der Laudator nehmen und überreichen konnte.

Nun, wie kommen die Romys mit den entsprechenden Namen in der richtigen Reihenfolge in diese Lift-Röhre? Da kommt jetzt unser junger Mann ins Spiel. Der kauerte oder lag vielmehr UNTER dem Bühnenboden und schob auf Kommando die jeweilige Goldfigur in den Lift und drückte den „Aufwärts-Knopf". Da er keinen Sichtkontakt hatte, wusste er nicht, wann sein Transportgut entnommen wurde und er den Lift wieder abwärts fahren lassen konnte. Ein falsches Kommando, ein Missverständnis hätten genügt und der begehrte Publikumspreis wäre vor den Augen der Zuseher wieder verschwunden, während der Laudator ins Leere griff.

Damit ja nichts schiefgehen würde, probte man zwei Tage lang. Was auch bedeutet, dass der junge Mann zwei Tage lang in dieser unwürdigen und unbequemen Position verbringen musste. Unter Klaustrophobie, Übergewicht und einer kleinen Blase durfte er nicht leiden. Einen Spitznamen hatte er bald: „der Zwerg" (Bezug nehmend auf die Zwerge von Schneewittchen, die in den engen Stollen des Bergwerks arbeiten).

Wir würden Ihnen jetzt gern erzählen, dass der Lift zu schnell eingestellt war und die Statuen wie Raketen aus der Säule schossen oder

dass der Lift stecken blieb oder die Preisbeförderung wegen eines dringenden menschlichen Bedürfnisses vorübergehend eingestellt werden musste. Aber leider, es ist alles glatt von unter der Bühne über die Bühne gegangen.

I BUSEN FREI!

Mit Frau Koller zu plaudern war für den Autor dieses Buches ein Vergnügen. Eine echte Dame vom blonden Scheitel bis zum schlanken Fuß.

In ihrem ersten Histörchen ging es gleich einmal um ihren Busen, der partout immer wieder an die Öffentlichkeit wollte, im nächsten, wie sie einem Security-Mann in New York eine ordentliche Watschen gegeben hat, und in einem weiteren, warum die Nachbarn glaubten, sie hätte mit ihrem Mann gestritten.

Vielleicht ist es der unkapriziöse Umgang mit so menschlichen Themen, der eine echte Dame ausmacht. Aber der Reihe nach.

Sehr beliebt war die Koller als junge Ballettmaus bei den männlichen Kollegen und beim männlichen Publikum in den vorderen Reihen wegen ihres unbändigen Busens. Wenn die kleine Dagmar einen Grand Jeté, also einen großen Sprung machte, hüpfte auch ihr Busen mit derselben Begeisterung aus dem Kleidchen.

Diesen Freiheitsdrang hat Kollers Oberweite nie abgelegt. Auch bei *Stars in der Manege* in München kamen Liebhaber zarter Frauenbrüste auf ihre Kosten. Dagmar trat mit einem Vertikalseil-Akt auf. Bei dieser akrobatischen Übung musste die Amateur-Artistin Koller ein Seil hochklettern und sich in schwindelnder Höhe das lose Ende ein paar Mal um den Körper wickeln. Dann wurde das Seil mit Dagmar in Rotation versetzt. Dabei sollte sie eine möglichst graziöse Haltung einnehmen, was Dagmar auch tat. Die gute Aussicht da oben wollten wohl auch ihre Brüste genießen und hopsten wieder einmal aus dem Kostüm. Wahrscheinlich sieht das von dort unten eh niemand, beruhigte sich Koller, die alle Hände voll zu tun hatte, am Seil zu bleiben und sich nicht um ihre neckischen Lieblinge kümmern konnte.

Na ja, zumindest waren die Leute respektvoll genug, nicht gleich den Fotoapparat zu zücken.

Das war aber nicht der letzte busenfreie (oder muss es heißen „freibusige"?) Auftritt der Koller. Beim ersten Life Ball 1993 hatte Dagmar Koller als Bürgermeistergattin und damit auch Mitgastgeberin einen großen Auftritt. Im Fracksakko defilierte sie an der Seite eines Fußballstars über die Bühne vorbei an den Kameras. Als sie sich kurz vornüber beugte, war auch schon wieder ihr frecher Busen heraußen. Wie gesagt, vor allen Kameras! Diese Bilder gingen um die Welt.

GEWICHTSFRAGE

Für die letzte Folge der Dokusoap *Expedition Österreich* wollte man auf einem gläsernen Abschnitt des Daches des Millennium Towers drehen. Das Vorhaben gestaltete sich insofern als schwierig, weil man keine Drehgenehmigung bekam. Das Glas würde nämlich nur 80 Kilogramm pro Quadratmeter an Belastung vertragen.
Als Produktionsleiter Uwe Ecker beim Lokalaugenschein nach oben blickte, sah er auf dem Glasdach über ihm vier Handwerker eng beisammen stehen und gemütlich eine Zigarette rauchen. Die vier Männer brachten zusammen locker an die 350 bis 400 Kilo auf die Waage.
Damit war eine weitere Festigkeitsprüfung obsolet und die Genehmigung wurde erteilt.

MEINE STIMME GEHÖRT MIR!

1966 war Dagmar Koller schon über die Grenzen Österreichs hinaus bekannt. Aber der Auftritt bei einem Johann-Strauß-Konzert unter dem Dirigenten Eduard Strauß in der Carnegie Hall war die Krönung ihrer bisherigen Karriere.
Dagmar wollte für ihre Mutter ihren großen Moment in dem weltberühmten Musiktempel auf Musikkassette aufnehmen. Damit ihre Mama weiß, dass ihr Kind, die kleine Dagmar aus Kärnten, wirklich in der Carnegie Hall singt. Dafür hatte sie extra ihren neuen Kassettenrekorder (1966 noch etwas Besonderes!) mitgenommen.
Aufgeregt wartete sie auf ihren Auftritt. Den Rekorder hatte sie direkt neben sich auf den Boden gestellt. Plötzlich, wenige Augenblicke bevor sie auf die Bühne trat, griff eine Hand nach ihrem Aufnahmegerät. Es war ein Sicherheitsbeamter, der das Ding konfiszieren wollte, weil in der Carnegie Hall ist „Recording strictly forbidden!".
Der Mann hatte sich allerdings mit der Falschen angelegt. Die Koller riss ihm vehement den Rekorder wieder aus der Hand und zischte ihn giftig an: „It is MY concert, it is MY voice and I can tape MY voice!"
Der strenge Herr war anderer Meinung und es begann ein hektisches Gezerre um das Tonbandgerät. Der Security-Mann war stärker und Dagmar wusste nur eines: Ich will dieses Konzert für meine Mama aufnehmen! Und so gab sie dem kräftigen Burschen eine so fürchterliche Watschen, dass der von dem Kassettenrekorder abließ und das Weite suchte.
Mama bekam die Kassette mit dem Konzert ihrer Tochter und Dagmar bekam große Schlagzeilen in den New Yorker Zeitungen: „Austrian Singer Smacks A Union-Man!"
Die Union, so was wie die Gewerkschaft bei uns, hat eine unglaubliche Macht in den USA. Mit der legt man sich nicht an. Außer man ist Dagmar Koller und hat eine Mama, der man eine Freude machen will.
Mit einem Schlag war die Koller DAS Thema in den USA und sogar Gast in der Johnny Carson Show.

WIE VIEL VERDIENT EIN BLUMENMÄDCHEN?

In der Wiener Volksoper in den 1980er-Jahren spielte Dagmar Koller in *My Fair Lady* die Eliza Doolittle. Sie kam auf die Bühne und die Souffleuse deutete ganz aufgeregt. Die Koller konnte sich nicht erklären, warum. Sie prüfte möglichst unauffällig, ob ihr nicht schon wieder der Busen aus dem Kostüm gerutscht war. Die Souffleuse deutete noch immer. Koller sang weiter und checkte währenddessen, ob nicht vielleicht der Unterrock unbemerkt bis zu den Knöcheln gerutscht war. Die Souffleuse gestikulierte wie wild. Dagmar kam langsam, aber sicher aus dem Takt und verhaspelte sich mit dem Text in der Panik, dass vielleicht ihr Höschen beim Herumgehen verloren gegangen war. Die Souffleuse fuchtelte noch immer.

Als endlich der Vorhang nach dem ersten Akt fiel, war Koller fürs Erste erleichtert. Sofort stürzt sie zur Souffleuse – was denn los war?

Eliza ist ein armes Blumenmädchen und Dagi hatte ihren Brillant-Ehering am Finger. Der funkelte wunderschön, aber für die Rolle sehr unpassend im Bühnenlicht bis in die zehnte Reihe.

Seither hat Dagmar nie wieder ihren Ehering getragen.

I STRA DA PFEFFER IN DEN …

Für die Rolle der Eliza Doolittle musste die Kärntnerin erst einmal ordentlich Wienerisch lernen. Denn die Pointe am Ende des ersten Aktes, als Eliza beim Pferderennen in Ascot ihren Favoriten anfeuert, musste an der Wiener Volksoper im breitesten Wiener Dialekt und sehr laut (weil damals noch die eigene Stimme ohne elektronische Verstärkung reichen musste) gebracht werden:
„Dover (der Name des Gauls), Dover, renn, renn, renn … I stra da Pfeffer in den …!" (Auf der Bühne sagte sie natürlich nicht Punkti Punkti Punkti, sondern wie es im Text stand: „Oasch!")
So sehr sich die Koller auch bemühte, ihr „…!" kam nicht wienerisch genug daher. Einfach immer zu lieblich. Unermüdlich übte sie. Auch zu Hause. Ihr Ehemann, Dr. Helmut Zilk, war quasi der Kritiker, der ihre Fortschritte bewerten musste.
Sie lief in der Wohnung auf und ab und schrie aus Leibeskräften immer und immer wieder: „I stra da Pfeffer in den …!" So lange, bis es wirklich überzeugend klang.
Am nächsten Tag im Stiegenhaus sorgten sich die Nachbarn: „Frau Koller, was ist denn los? Haben S' mit Ihrem Mann g'stritten?"

KLEIN ÄRGERE DICH

Otto Anton Eder war als Regisseur beim ORF berühmt und berüchtigt. Berüchtigt vor allem wegen seiner Wutausbrüche. Der große Regisseur war zwar von kleiner Statur, konnte aber eine ganze Mannschaft in Angst und Schrecken versetzen, wenn ihm die Galle hochging. Nicht nur einmal warf er sich im Wutrausch auf den Boden und trommelte mit den Fäusten an das Tor zur Hölle. Er soll in so einem Anfall sogar ein Stück Teppich des Regieraumes mit den Zähnen herausgebissen haben.

Bei der Aufzeichnung zu einer Folge von *Wer A sagt* lief Eder wieder einmal etwas gegen den Strich, worüber er sich so ärgerte, dass er in schon bekannter Manier mit den Fäusten auf den Boden einschlug. Als er sich wieder aufrichtete, stieß er sich den Kopf am Feuerlöscher an. Da kam aus dem Hintergrund der Kommentar: „A anderer hätt' sich des Knie ang'haut."

Es ist davon auszugehen, dass Otto diese Bemerkung nicht gehört hat, sonst möchte man sich gar nicht ausmalen, was noch alles passiert wäre.

I DER ROSENKAVALIER

Robert Reumann

Für die Ö3-Sendung *Leute* (eine Radio-Talkshow von 1988 bis 1997) hatte Radiomoderator Robert Reumann ein Gespräch mit einem besonderen Superstar geplant. Tina Turner war auf Besuch in Wien und hatte Robert für das Interview zu sich ins Hotel geladen. Robert war überpünktlich und wurde in eine Suite geleitet, wo er warten sollte. Tina würde sich noch frisch machen und gleich bei ihm sein.
Robert sah sich um und suchte einen guten Platz für das Gespräch. Die Sitzgarnitur sah zwar sehr bequem aus, aber man würde darin versinken und nur schlecht ins Mikrofon sprechen können. Ein kleiner Tisch

mit zwei Sesseln schien da viel besser geeignet. Auf dem Tisch stand eine Vase mit einem riesigen Strauß Rosen, den die Hoteldirektion als kleine Aufmerksamkeit für den berühmten Gast hingestellt hatte.
Robert musste die Rosen woanders abstellen, um Platz für sein Tonbandgerät zu haben. Just in dem Moment, als er mit dem Blumenstrauß in der Hand nach einer Abstellmöglichkeit suchte, kam Tina Turner ins Zimmer.
Sie erblickte den Mann mit den roten Rosen und war vor Glück überwältigt. Begeistert umarmte sie Reumann und bedankte sich überschwänglich.
Der war sprachlos und kam gar nicht dazu, den Irrtum aufzudecken.
Das Interview mit der bestens gelaunten Sängerin dauerte dann wesentlich länger, als ursprünglich vereinbart. Zum Abschied küsste Tina Robert auch noch.
Es wäre sogar noch besser gekommen, aber Robert hatte damals noch kein Handy und seinen Telefonanrufbeantworter erst am nächsten Tag abgehört. Darauf waren mehrere Nachrichten von Tina Turners Management: Tina wollte ihren Rosenkavalier unbedingt zum Essen einladen.
Dumm gelaufen.

I MIT FREMDEN FEDERN

Hans Moser, Oskar Sima und Niki Lauda sind bekannt dafür, dass sie nicht besonders großzügig sind respektive waren, wenn es ums Geld geht.
Auch Karl Moik war bei seinem *Stadl*-Team nicht gerade als Big Spender verschrien.
Umso überraschender kam seine Einladung nach dem *Best of Stadl* in Villach. Wider Erwarten lud er die gesamte Mannschaft nach der Aufzeichnung zur Brettljause bei einem Wirten in Villach ein. Ein Hoch auf den spendablen Gönner!
Unter den Feiernden war auch Gernot Bartl, der Chef des Villacher Faschings. Bartl nützte die Gelegenheit, sich bei allen dafür zu bedanken, dass die Region Villach in der Sendung so toll vorgestellt wurde: „Als Dankeschön gehen alle Speisen und Getränke auf die Rechnung der Gemeinde Villach!"

STARS UND ALLÜREN

WAS SICH STARS HERAUSNEHMEN DÜRFEN, LESEN WIR ALLE TÄGLICH ODER WÖCHENTLICH IN DEN SOCIETY-GAZETTEN. MANCHES WIRD AUFGEBLASEN, ANDERES UNTER DEN TISCH GEKEHRT.

I DIE WEG-RATION

Beim Gala-Abend zur Eröffnung des Austria Centers. Einer der Stargäste war Gilbert Bécaud, der wegen seines Temperaments auf der Bühne auch „Monsieur 100.000 Volt" genannt wurde.

Dem Aufnahmeleiter, der Bécaud von der Garderobe zur Bühne begleitete, fiel auf, dass der Chansonnier bei jedem Schritt klimperte. Es war ein Geräusch, wie wenn mehrere Flaschen in einem Sack gegeneinanderschlagen würden. Der Aufnahmeleiter machte den Stargast darauf aufmerksam. Bécaud griff in sein Sakko und holte zwei kleine Schnapsflaschen heraus, wie man sie in den Hotelminibars und im Flugzeug bekommt. Eine trank er in einem Zug aus, die andere bot er seinem Begleiter an. Der lehnte dankend ab. Nachdem der Mann, der mit Hits wie *Nathalie* und *Der Tag, an dem der Regen kam* weltberühmt geworden war, auch beim zweiten Fläschchen die Luft rausgelassen hatte, erklärte er dem verdutzten Aufnahmeleiter, dass er vor einem Auftritt dermaßen nervös sei und sich beruhigen müsse.

Alle paar Schritte griff Bécaud in sein Sakko und köpfte ein Flascherl vom Hochprozentigen. Und der Weg zur Bühne war lang. Dem Aufnahmeleiter wurde angst und bange. Musste er doch fürchten, dass Monsieur 100.000 Volt nur noch mit gerade mal 100 Volt auf die Bühne torkeln würde.

Einen Meter vor der Bühne blieb der Franzose unvermittelt stehen. Schweißperlen auf der Stirn. Dem Aufnahmeleiter schwante Böses. Doch Bécaud griff in alle seine Anzugtaschen und leerte den Inhalt in die ausgestreckten Arme des Aufnahmeleiters. Zum Glück hatte dieser sehr große Hände.

Dann betrat ein strahlender Gilbert Bécaud die Bühne. Mit dem unvergleichlichen Timbre seiner Stimme nahm er das begeisterte Publikum im Sturm.

Der Aufnahmeleiter ging derweilen zum Altglascontainer und entsorgte die Reste.

Gilbert Bécaud

CHAMPAGNER FÜR DIE PRINZESSIN

Zusätzlich zu den Lottosendungen im ORF fand einmal im Monat die *Lottoshow* mit mehr oder minder prominent besetzten Musik-Acts statt.
Bei einer dieser Lottoshows war Stephanie von Monaco zu Gast. Mit ihren musikalischen Ambitionen brachte sie sich zwar nicht in die Charts, aber wieder in die Schlagzeilen. Der Rummel um Carolines jüngere Schwester war beträchtlich. Der Konvoi vom Flughafen glich dem eines Staatsbesuches. Das ORF-Zentrum auf dem Küniglberg wurde am Tag der Live-Sendung hermetisch abgeriegelt. Ob das wirklich notwendig war, sei dahingestellt. Selbst innerhalb des Gebäudes durften die Mitarbeiter nur mit Erlaubnis der Bodyguards ihre Büros verlassen.
Zu den Vorbereitungen für so einen erlauchten Besuch gehört auch, dass an alle Annehmlichkeiten für den Gast gedacht wird. Da bekannt war, dass Stephanie vor dem Auftritt gern mit einem bestimmten Champagner eines bestimmten Jahrganges gurgelte, wurden schon am Vorabend vier Flaschen der noblen Marke in ihrer Garderobe kalt gestellt.
Ebenfalls am Abend vor ihrer Ankunft fanden Proben für das Team statt. Alles lief gut und man wollte noch auf die gute Arbeit anstoßen. Es war schon spät und die Kantine sperrte zu. Der Durst war allerdings noch groß, aber leider war nirgends mehr etwas vernünftig Trinkbares aufzutreiben. Da erinnerte sich der Aufnahmeleiter an die Flaschen im fürstlichen Garberobe-Eiskasten.
Flugs wurde eine „ausgeborgt" und dann eine zweite. Nachdem alle Flaschen trocken waren, wurde die Spontanfete beendet.
Am Tag darauf wurde dem Aufnahmeleiter klar, dass er ein Problem hatte. Der Eiskasten musste vor Stephanies Ankunft wieder gefüllt sein und es war Sonntag. Er telefonierte mit allen besseren Hotels, bis er endlich mit der richtigen Champagnermarke und vor allem dem richtigen Jahrgang fündig wurde. Der Preis für die vier Flaschen machte seine kurze Erleichterung schnell zunichte. Was eine Flasche sehr guten Champagners eines sehr guten Jahrganges in einem sehr guten Hotel kostet, wollen Sie sich jetzt bitte gar nicht vorstellen. Und wenn doch,

multiplizieren Sie es mit vier. Eine Summe, die selbst bei einem so hohen Besuch auf der Spesenabrechnung deutlich herausstach. Das gab sicher ein sehr ernstes Gespräch für den Verantwortlichen.
Ironischerweise war die singende Prinzessin leicht erkrankt, konnte zwar auftreten, hatte aber keine Lust auf ein Gläschen des Luxussprudels. Wer sich den megateuren Superschampus schlussendlich hinter die Binde gegossen hat, ist nicht bekannt.

ZUCKERGOSCHERL MARADONA

1990 zur Vorbereitung für die Weltmeisterschaft in Italien gastierte die argentinische Nationalmannschaft für ein Freundschaftsspiel gegen Österreich in Wien. Vor der Übertragung sollten die Spieler einzeln vor einer Tafel mit ORF-Logo vorgestellt werden. Keine große Sache. Bei den Trainings im Stadion war ein Kamerateam vor Ort. Die Österreicher stellten sich einer nach dem anderen vor die Tafel und schauten zwei Sekunden lang in die Kamera.
Bei den Argentiniern gestaltete sich das etwas schwieriger, denn am ersten Tag trainierte nur die Verteidigung. Gut, wenigstens diese Spieler waren im Kasten. Am nächsten Tag gingen Mittelfeld und Sturm auf den Trainingsrasen. Alle, außer Superstar Diego Maradona. Der zog es vor, im Hotel zu bleiben und das Training seinen Kollegen zu überlassen.
Diego kam auch sonst nicht aus seinem Zimmer und verweigerte jegliches Interview. Keine Chance also, den Weltmeister von 1986 vor die Kamera zu bekommen.
Am Abend vor dem Spiel gab es ein letztes Training, bei dem der kapriziöse Starkicker dabei sein MUSSTE. Das wusste auch Regisseur Michi Kögler. Er wusste auch, dass Maradona ein Faible für Süßigkei-

ten hatte. Also fuhr Kögler ins Sacher und besorgte eine der berühmten Torten gleichen Namens. Mit dieser wartete er mit einem Kameramann im Anschlag, bis der Mannschaftsbus eintraf. Maradona stieg aus und wollte angesichts der Kamera sofort das Weite suchen. Doch da fiel sein Blick auf die Torte und er hielt inne. Er konnte der leckeren Backware, die ihm Kögler entgegenstreckte, nicht widerstehen. Mehr als bereitwillig ließ er sich filmen und gab so ganz nebenbei ein ungezwungenes Interview.

Schon 1832 ließ Fürst Metternich für seine hochrangigen Gäste eine besondere Torte kreieren, um die Stimmung bei heiklen Diskussionen auf seine Seite zu ziehen. Weil damals sein Haus- und Hof-Koch erkrankt war, sprang der 16-jährige Lehrling Franz Sacher ein und erfand die später so berühmte Torte mit dem Schokoladenüberzug. Metternichs Gäste waren begeistert. Und was vor 150 Jahren schon Wirkung zeigte, war auch bei Diego Maradona erfolgreich. Das Interview war das einzige, das er damals in Wien gegeben hat.

Österreich verlor das Freundschaftsspiel übrigens mit 1:5. Auch da hat sich nicht viel geändert.

COLA STATT CHAMPAGNER

Robbie Williams war zu Gast bei *Vera*. Im relativ kleinen Studio Z5 im ORF-Zentrum sang er vor einem exklusiven Kreis von nur 100 Leuten ein Lied.

Für das Management spielte es aber keine Rolle, ob der britische Superstar fünf Minuten oder fünf Stunden, vor 100 oder 100.000 Menschen auftrat. Die Wunschliste, die der für die Produktion verantwortliche Uwe Ecker auf seinem Bürotisch vorfand, war seitenlang. Etliche Flaschen vom teuersten Champagner, Kaviar, spezielle Zigarren, Blumenschmuck und weiß der Teufel was noch alles hatte am Abend der Sendung in Rob-

bies Garderobe bereitzustehen. Ecker schluckte mehrmals und musste tief in die Produktionskasse greifen.
Mr. Williams kam vom Flughafen ins Studio, absolvierte seinen Auftritt, trank ein Cola light, aß einen Mars-Riegel und reiste wieder ab, ohne eine der geforderten sündteuren Leckereien auch nur angerührt zu haben.

Robbie Williams

DAS GLAS WASSER

Ob Fernsehen oder Film – bei den Produktionen ereignen sich hinter den Kulissen die unglaublichsten Dinge. Einst weilte ein französischer Superstar für den Dreh für einen neuen Action-Thriller in Wien. Der Geheimhaltung wegen nennen wir ihn Jean-Paul Alain.

JPA trank ausschließlich Wasser aus den Bergen seiner Heimat. Schon nach kurzer Zeit war der mitgebrachte Vorrat aufgebraucht. Nachschub musste her, und zwar umgehend. Nun war diese Sorte Wasser damals in Wien nicht erhältlich. Also setzte die Produktion flugs einen Mann ins Auto und schickte ihn nach Frankreich. Schneestürme konnten den wackeren Wasserträger nicht aufhalten. Aber ein Stau aufgrund eines wetterbedingten Massenunfalls sehr wohl. Der durstige Franzose wurde immer ungeduldiger und ließ einen Drehtermin nach dem anderen platzen.

Die kluge Idee, bestes Wiener Hochquellwasser in seine leeren Flaschen zu füllen, erwies sich als Schuss ins Knie. Prustend und ob des versuchten Betrugs vor Zorn bebend drohte JPA mit der Abreise. Einer Eingebung folgend, servierte ihm jemand einen weißen G'spritzten. Der beruhigte JPA sehr schnell und machte ihm Appetit auf mehr. Kurz: Beschwingt von Veltliner mit Soda verliefen die nächsten Drehtage wie Butter.

Der Mann mit dem Wasser konnte sich nach seinem 30-Stunden-Marathon „Frankreichs Bestes" in die Haare schütten.

WASSERFALL

Robert Reumann hatte in seiner Karriere zahllose Stars vor dem Mikrofon. So zum Beispiel Elton John in den 1980er-Jahren. Das Interview in dessen Hotelsuite lief sehr locker und entspannt. Elton entschuldigte sich für einen Moment und verschwand im Bad. Nach wenigen Minuten kam er zurück und redete weiter. Allerdings schneller als vorher. Wie ein Wasserfall. Es dauerte nicht lange und Elton entschuldigte sich abermals. Sein Redefluss war nicht mehr zu bremsen. Das wiederholte sich im 15-Minuten-Takt.

Anders verlief das geplante Interview mit Supermodel Naomi Campbell in einer Wiener Diskothek. Die ging zwar auch auf die Toilette, kam aber nicht wieder. Sie hatte sich mit einer zweiten Frau auf dem WC eingesperrt. Als sie nach eineinhalb Stunden doch wieder auftauchte, war sie in einem Zustand, der ein Interview unmöglich machte.

I CHAMPAGNER FÜR TEDDY

Die Geschichte über Falco passt genau genommen nicht in dieses Buch, weil sie direkt nichts mit dem Fernsehen oder Radio zu tun hat. Aber weil Robert Reumann gerade so schön im Erzählen war, wollen wir sie Ihnen nicht vorenthalten.

Falco war für Promotionzwecke in L. A. Dort kaufte er für seine kleine Tochter einen riesengroßen Teddybären. Der gut eineinhalb Meter große Plüschkoloss passte im Flugzeug nicht in das Fach fürs Handgepäck. Falco kaufte seinem flauschigen Begleiter kurzerhand ein Erste-Klasse-Ticket für den Sitz neben sich.

Nach einigen Gläsern Champagner und anderen alkoholischen Getränken verlangte er, dass auch der Teddy das Menü und reichlich Champagner bekommen sollte.

Immerhin hatte Falco für den Platz des Bären bezahlt. Als er auch noch wollte, dass die Flugbegleiter das Stofftier füttern, kam es zu verbalen Entgleisungen, die dazu führten, dass Falco nach diesem Flug für mehrere Monate auf der schwarzen Liste der Lufthansa stand und die Fluglinie seine Buchungen nicht annahm.

Farbbild 1: Falco
Farbbild 2: Diego Maradona
Farbbild 3: Stephanie von Monaco
Farbbild 4: Adi Niederkorn und Edi Finger

UMA
PUMA
adidas

I RADIO

BEIM RADIO PASSIEREN ÄHNLICHE MISSGESCHICKE WIE BEIM FERNSEHEN ODER FILM. NUR HALT OHNE BILD. NO NA!

ZURÜCK ZU SICH SELBST

Adi Niederkorn ist bekannt als wortgewandter Kommentator unzähliger Sportübertragungen auf Ö3. Oft kommentiert er mit seinem kongenialen Partner Edi Finger jr. Das Duo Adi & Edi hat auch Events wie den *DominoDay*, *Das Match* und *Das Rennen* im ORF-Fernsehen mit unterhaltsamen Wortspenden bereichert.

Adi erinnert sich an seinen ersten Einsatz als Kommentator bei Ö3. Meisterschaftsspiel der Vienna (als der Club noch in der Bundesliga spielte) auf der Hohen Warte:

„Ich war irrsinnig aufgeregt und nervös, weil ich das erste Mal live auf Sendung gehen würde. Es gab eine Konferenzschaltung. Der Moderator übergab in entscheidenden Spielmomenten an mich und ich dann wieder zurück ins Funkhaus.

Mein erster Einstieg klappte perfekt. Auch der zweite Einstieg war super. Als ich mit meinem dritten Einstieg fertig war, sollte ich wie jedes Mal zurück ans Funkhaus übergeben. Aber ich sagte: ‚… und jetzt zurück zur Hohen Warte.'

Es meldete sich niemand. No na, ich hatte ja an mich selber zurückgegeben! Es dauerte einige Schrecksekunden, bis ich den Fehler bemerkte. Dann tat ich so, als sei nichts gewesen, und plapperte noch schnell etwas über das Match und gab dann diesmal richtig weiter ins Funkhaus.

Witzigerweise ist das meinem damaligen Chef Edi Finger gar nicht aufgefallen."

SINGENDE NACHRICHTEN

Zum besseren Verständnis: Jeder Regionalsender des ORF bringt seine eigenen Radio-Nachrichten. Aus Effizienzgründen werden in den Nachtstunden die Ö3-Nachrichten von Wien aus auch von den regionalen Stationen ausgestrahlt.

Es war wieder einmal tiefe Nacht, die Nachrichtensprecherin hatte noch ein paar Minuten bis zu ihrem Einstieg und lauschte der Musik von Ö3. Angetan von der Melodie sang sie laut mit. Das Mikrofon war schon eingeschaltet, was aber egal war, weil der Computer sie erst genau zur vollen Stunde auf Sendung schicken würde.

Wie das eben so ist mit den Computern, stellte die elektronische Intelligenzbestie die Übertragung für die Regionalsender schon vorzeitig her. Die Hörer staunten nicht schlecht, als sie plötzlich eine Stimme ohne Musik singen hörten, die dann zur vollen Stunde wie geplant ansatzlos zu sprechen begann: „Und nun die Nachrichten …"

Die Reaktionen darauf waren übrigens durchwegs positiv. Allen hatte der Gesang gefallen und die meisten wünschten sich, mehr von der Sprecherin zu hören.

DAS BÖSE WORT

Im Ö3-Wecker hatte Dani Zeller einen kleinen, aber feinen Versprecher: „Beim gestrigen 3-FUCK-Jackpot wurden folgende Zahlen gezogen …"

Andi Knoll unüberhörbar für die Ö3-Gemeinde: „FUCK! Schon wieder nicht gewonnen!"

RADIO STUMM

Ö3-Moderator Benny Hörtnagl ist ja beileibe nicht auf den Mund gefallen, aber manchmal gehen sogar ihm die Worte aus. Zum Beispiel, wenn wie vor ein paar Jahren im nigelnagelneuen Studio um 7 Uhr 30 zur meistgehörten Sendezeit des Ö3-Wochenendweckers plötzlich gar nichts mehr geht. „Gar nichts" heißt, dass keine Musik gespielt werden konnte, es keine Umstiegsmöglichkeit auf lustige Beiträge vom Band oder zu anderen Moderatoren gab. Nur sein Mikrofon war offen. Während Benny alle Tasten, alle Regler drückte und hin und her schob, musste er munter weiterplaudern. Für Männer, die ja bekanntlich nicht so multitasking-fähig sind, keine leichte Aufgabe. Eineinhalb Minuten lang quasselte er irgendetwas daher, nur damit das Radio für die Hörer nicht stumm blieb. Denn das ist das Schlimmste, das passieren kann. Nun werden Sie sagen, 90 Sekunden sind ja nicht lang. – Schauen Sie bitte dem Zeiger Ihrer Uhr zu, wie er eineinhalb Runden um das Zifferblatt dreht. Ja genau, so lang dauert das. Für Benny Hörtnagl waren das die längsten eineinhalb Minuten seines Lebens. Er empfand diese Zeit wie eine Ewigkeit und möchte sich gar nicht daran erinnern, welchen Schwachsinn er in dieser Zeit verzapft hat.

INTERVIEW MIT EINEM GEIST

Ein beliebter Radiomoderator hatte ein Live-Interview mit einem Sänger (der Name spielt keine Rolle) im Studio geplant. Wegen Terminänderungen vonseiten des Gastes musste das Interview vorher aufgezeichnet werden. So etwas ist durchaus üblich. Das Gespräch lief gut, das Tonband auch. Der Moderator hatte bis zur Sendung noch Zeit genug, den Ton zu perfektionieren und die eine oder andere Pause und irgendwelche „Äh" und „Mmh" herauszuschneiden. Noch einmal kontrolliert, alles bestens.

Während der Sendung hatte er den Einfall, das schon als live angekündigte Interview auch als solches zu präsentieren und sagte: „... und in wenigen Minuten bei uns live zu Gast XY. Ich kann ihn schon durch das Studiofenster sehen. Wir spielen noch eine Nummer und dann plaudern wir mit XY!"

Musik. Inzwischen bereitete der Moderator den aufgezeichneten Beitrag vor, um ihn auf Tastendruck abzuspielen. Oder besser: Er suchte ihn. Er war nicht da. Der Moderator suchte in allen Ordnern des Computers, checkte jedes File. Der Beitrag war nicht da!

Die laufende Musiknummer ging langsam zu Ende. Es blieben nur noch wenige Sekunden Zeit. Das Interview war und blieb unauffindbar. Wie peinlich ist das denn! Angeblich einen Gast vor sich sitzen zu haben, der gar nicht da ist! Schweißperlen auf der Stirn, Kloß im Hals: „... und jetzt XY mit seiner neuen Single. Musik sagt mehr als tausend Worte."

Musik ab. Im Boden versinken wäre das Angenehmste in diesem Moment gewesen.

Das Interview tauchte natürlich wieder auf. Irgendwo in den unendlichen Tiefen der Bits and Bites. Leider erst am nächsten Tag. Zu spät.

STALIN ALS WERBE-TESTIMONIAL

Am 5. März 1953 starb der russische Staatschef Josef Stalin. Im damals noch besetzten Wien bekam das Radio alle wichtigen zur Ausstrahlung bestimmten Tonbänder direkt von den Russen. So auch das Band mit der russischen Nationalhymne, die anlässlich des Todes des Staatschefs zu den Nachrichten gespielt werden sollte. Der Sprecher berichtete vom schmerzlichen Verlust für die Welt und vom Band lief: „Die ganze Welt rasiert sich mit Philishave!"

Dass eine solche Schmach die Russen nicht auf sich sitzen ließen, war zu erwarten. Der Tonmeister (übrigens der Vater von Günter Huber, der so viele Geschichten für dieses Buch erzählt hat) konnte zwar absolut nichts dafür, dass er ein falsches Band bekommen hatte. Dennoch hatte er auf dem Heimweg das Gefühl, dass hinter jeder Ecke, hinter jedem Busch ein nach Rache dürstender Russe auf ihn lauerte. Tags darauf wurde er vorgeladen, zum Sachverhalt einvernommen und musste den russischen Boten identifizieren. Der wurde abgeführt und ward nie mehr gesehen.

Derselbe Tonmeister, diesmal schon beim Fernsehen. Am 24. Jänner 1965 verkündeten die Sondernachrichten den Tod des britischen Ex-Premiers Sir Winston Churchill. Huber sen. spielte das Band mit der englischen Nationalhymne ab. Und aus allen TV-Geräten tönte der Gassenhauer *Ich möchte gern dein Herz klopfen hören*!

Huber sen. schwor sich, nie wieder Dienst zu machen, wenn ein Staatsoberhaupt sein Leben aushaucht.

I WERBUNG

WERBUNG GEHÖRT ZUM FERNSEHEN (AUCH ZUM RADIO). SIE IST DAS BROT FÜR DIE BUTTER. AUCH WENN DAS VIELE SEHER NICHT WAHRHABEN WOLLEN. ABER GERADE DA GIBT ES UNGLAUBLICHE G'SCHICHTERLN ZU ERZÄHLEN (SIEHE AUCH DAS KAPITEL TIERISCHES).

I TEURE KIRSCHEN

Es war vor etwa 15 Jahren, da ließ ein namhafter Joghurt-Produzent einen Werbespot für sein neuestes Kirschjoghurt drehen. In einer Zeit, als für die Werbung Geld noch im Überfluss vorhanden war.

Ein ebenfalls namhafter Hollywood-Regisseur wurde eingeflogen. Der wollte schöne frische Kirschen. Gedreht wurde aber im Februar und im Winter gibt es nun mal hierzulande keine Kirschen. Aber der Regisseur, der schon mit Christopher Lambert gedreht hatte, bestand auf frischen Kirschen. Also mussten die irgendwie herangeschafft werden.

Der Produktionsleiter fand heraus, dass in Chile gerade Kirschernte war. Er rief das chilenische Handelsministerium an. Langer Rede kurzer Sinn: Fünf Kilo Kirschen wurden express aus Chile eingeflogen. Nun durfte das Obst aber nicht im kalten Frachtraum reisen, weil sie dort erfroren wären. Also wurde für das Körberl mit den roten Früchtchen ein Ticket um zigtausend (damals) Schilling gebucht. Ob die Kirschen einen Fensterplatz bekamen, ist nicht mehr in Erfahrung zu bringen.

Das wäre an sich schon die Geschichte. Aber es kommt noch besser.

Dem Regisseur und dem Food-Stylisten gefielen die Kirschen nicht besonders. Nicht rot genug oder nicht glänzend genug oder zu klein.

Man entschied sich, für die Großaufnahmen bemalte und lackierte Holzkirschen zu verwenden. Solche, wie man sie mit anderem aus Holz geschnitztem Obst in einer Schale als Dekoration auf den Tisch stellt.

Von den chilenischen, zigtausend Schilling teuren Kirschen wurden ein paar für die Genussszene verwendet. An den restlichen viereinhalb Kilo durfte sich dann die Filmcrew delektieren. Um das Geld hätte man auch Beluga-Kaviar servieren können.

DIE DEPPERTE SCHACHTEL

Eine Werbeagentur wollte Dr. Kurt Ostbahn alias Willi Resetarits unbedingt als Testimonial für einen Internet-Anbieter. Doch der Ostbahn-Kurti machte prinzipiell keine Werbung. Da griff Agenturchef Wolfgang Herzog zu einer List: Die Gage würde man als Spende dem Integrationshaus, für das sich der Sänger engagierte, überweisen. Überredet.
Die TV-Kampagne war denkbar einfach. Dr. Ostbahn saß auf einem Fauteuil und beantwortete eingesandte Fragen zum Thema Internet. Auf ganz simple Weise, denn er war ja nach eigener Aussage „selber ein Trottel, was des Internetz angeht".
Legendär der Dreh zum ersten Spot der Serie. Die Erklärung, wie man am einfachsten ins Internet komme, sollte er beantworten: „Das kann doch kein Mirakel nicht sein. Schachtel auf, CD rein und schon sind Sie ruck, zuck im Internetz." Dazu sollt er mit einer lässigen Handbewegung die CD-Hülle öffnen und die CD-Rom in einen PC schieben.

Willi Resetarits „Dr. Kurt Ostbahn"

Uuuund Action! Dr. Ostbahn las den Brief mit der Anfrage vor und versuchte die CD-Hülle zu öffnen. „Das kann doch kein Mirakel nicht sein ..." Die ging aber nicht auf! Er werkte herum, bis sie krachend auseinanderfiel. Ostbahn weiter im Text: „... mit XY sind Sie ruck, zuck im Internetz. Wenn Sie die depperte Schachtel aufkriegen!"
Der Dreh wurde nicht wiederholt. Der Spot ging genau so auf Sendung und wurde Kult.

EF JU TI

Auch bei den Aufnahmen für einen Werbespot für denselben Internet-Provider im Hörfunk nahm Dr. Ostbahn im Tonstudio eine spontane Textänderung vor. Es gab ein neues Produkt mit der Abkürzung SI für Self-Installation. Dr. Ostbahn sollte sich über den Abkürzungswahn alterieren und Beispiele aufzählen wie FBI, CIA und KGB.
Bei der Aufnahme fügte er noch FUT hinzu (gesprochen: Ef Ju Ti).
Die anwesenden Verantwortlichen fanden das sehr lustig und ließen den Spot mit dieser Textergänzung im Radio-Werbeblock ausstrahlen.
Die Reaktionen auf Ef Ju Ti waren unglaublich. Die Medien berichteten darüber, im Internet wurde gebloggt und gepostet – mehrheitlich positiv zwar, aber nach einem Monat wurde dann doch lieber ein anderer Spot „on air" gestellt.

WO BIN ICH?

Da wäre noch eine Geschichte von Dr. Ostbahn, der zum Dreh für einen Werbespot nicht pünktlich erschien. Nicht einmal unpünktlich. Nach zahllosen Anrufversuchen erreichte Regisseur Claus Schönhofer den schwer übernächtigen Hauptdarsteller doch noch am Handy. „Bin schon fast da. Kannst mich abholen?" „Von wo?" „Von daham."
Zehn Minuten später, nach endlosem Klingeln an der Haustür, ein erneuter Anruf bei Dr. O.: „Du bist net daham." – „Ah, net?" – „Wo bist?" – „Waß i net." – „Schau aus dem Fenster. Was siehst du?" – „Autos." – „Was noch?" – „Dich." – „Wo?" – „Vor meinem Haus." – „Dann kannst du ja nicht weit weg sein." – „Könnt stimmen. Aber wo bin ich?" – „Siehst mein Gesicht oder meinen Rücken?" – „Dreh dich um. So, jetzt seh ich dein liebes Gesichti." – „Gut, du bist im Haus gegenüber." – „Super, i kumm glei obe. Danke."

TIERISCHES

DAS ARBEITEN MIT TIEREN BIRGT BEI TV- UND FILMPRODUKTIONEN IMMER EIN GEWISSES RISIKO.

I WIE EIN WILDER STIER

In einem Werbespot für TOTO (Fußball Wett-Tipps) sollten die als Werbetestimonials fungierenden Sportreporter Adi Niederkorn und Edi Finger junior von einem wilden Stier über ein Fußballfeld gejagt werden.
Der Stier, der angekarrt wurde, war allerdings „etwas" zu wild. Das tonnenschwere Vieh war nicht zu bändigen und hätte die zwei Herren auf dem grünen Rasen ärger niedergemetzelt als 1990 die Färöer Inseln die österreichische Nationalmannschaft.
Weil es unverantwortlich gewesen wäre, mit diesem Rindsviech auch nur zu versuchen zu drehen, bekam ein Ersatzstier die Rolle des Bösewichts. Der war lammfromm und hatte keine Hörner. Flugs wurden ihm Attrappen an den mächtigen Schädel geklebt und dann konnte es losgehen. Oder, es hätte losgehen können, wenn sich der Bulle bewegt hätte. Der legte sich doch glatt hin und machte keine Anstalten aufzustehen. Erst mit viel Geduld und allen möglichen Tricks konnte man das Riesensteak wieder auf die Beine und zumindest zum Dahintrotten bewegen.
Die Gefährlichkeit der Szene mit dem „wilden" Stier konnte nur durch rasante Kamerafahrten und Schnittfolgen erzeugt werden.

IN EINEM BÄCHLEIN HELLE

Eine Biermarke wollte in einem Werbespot fröhliche Forellen in einem klaren Bächlein springen sehen. Aber wie bringt man eine Forelle dazu, auf Befehl zu springen? Nun, Sie werden es nicht glauben, da kam tatsächlich ein Tiertrainer mit 30 trainierten Forellen auf das Filmset in einem steirischen Almtal. Ein Teilstück des Baches wurde gesperrt und die geschulten Fische ins Wasser gesetzt. Und tatsächlich – die Fische hüpften und sprangen, wie es im Drehbuch stand!

Der Koch der Filmcrew hatte seinen Spaß, mit einer Pfanne immer wieder zum Bach zu gehen und die Forellen anzulocken. Der Fischflüsterer beobachtete den Koch argwöhnisch und zählte alle paar Minuten nervös seine schuppigen Schützlinge. ... 28, 29, 30. Er war erleichtert, als er das Set mit seinen Forellen verlassen durfte.

Zum Essen gab es übrigens Forelle. Aber untrainierte aus dem Zuchtbecken.

DIE TRAVESTIE-KUH

Eine Biermarke wollte ebenfalls einen wilden Stier in ihrem Werbespot haben. Vor dem bedrohlichen Tier sollten sich die Schauspieler auf einen Baum flüchten. Um überzeugend angsteinflößend zu wirken, wurde das Gehörn mit Plastikattrappen aufgemotzt. Den Stier sah man im Fernsehen immer nur in Nahaufnahmen, sonst hätte man bemerkt, dass der Stier ein schönes pralles Euter hatte. Wie einst Julie Andrews in *Victor Victoria* spielte eine Frau einen Mann.

I DER BLUMIFANT

Da gab es eine ORF/ZDF-Show, die hieß *Was wäre wenn?*. Moderiert von Vera Russwurm und Hans Jürgen Bäumler in der Wiener Stadthalle. Einer der Show-Acts für diese Sendung war eine Elefantennummer. Ein großer Transporter brachte die schwergewichtige Artistenfamilie zum hinteren Eingang der Halle. Der Gang war von den Übertragungswagen der Fernsehstationen besetzt, daher mussten die Dickhäuter auf dem Vorplatz im Freien entladen werden.

Damit die Elefanten aus dem Schwertransporter steigen konnten, stellte man als Stufe ein Podest auf. Zuerst Mamafant raus aus dem Lkw. Podest weg, damit die anderen nicht aussteigen können. Der Koloss wurde durch den Gang in seine „Garderobe" geführt. Dann kam Papafant an die Reihe. Gleiche Prozedur. Nur dass jemand vergaß, die Ausstiegshilfe wegzuräumen. Der unbeaufsichtigte Babyfant nützte die Gelegenheit, selbstständig aus dem Transporter zu steigen und sich ein bisschen umzusehen.

Der angrenzende Park mit seinen Sträuchern und Blumenbeeten erregte seine Aufmerksamkeit, und der Kleine marschierte schnurstracks dorthin, vorbei am völlig verdatterten Aufnahmeleiter Robert Ludwig. Der wollte den Ausreißer stoppen, doch es war ein lächerlicher Versuch, das Riesenbaby von seinem Vorhaben abzuhalten. Ein kleiner Schubser mit dem Kopf genügte, um den recht kräftigen Mann aus dem Weg zu räumen.

Robert lief ihm nach und rief verzweifelt: „Bitte bleib doch da!" Entweder verstand der Elefant nicht oder er wollte nicht hören und trappelte in den Park.

„Bitte bleib doch stehen oder geh wenigstens in die andere Richtung! Ich hab auch ein Zuckerl für dich!" Aber die Blumen waren offenbar viel verlockender als ein Stück Zucker.

Im Blumenbeet blieb der graue Riesenzwerg stehen und begann von den bunten Blüten zu naschen. Robert, der inzwischen Hilfe über Funk herbeiflehte, bemühte sich, den Blumifanten zu überreden, aus dem Beet zu kommen. Was muss das für ein Anblick für die Parkbesucher

gewesen sein! Ein Elefant inmitten von Blumen und davor ein völlig verzweifelter Mann, der ihn anzulocken versuchte, wie man es normalerweise bei Enten an einem Teich macht! (Bei Enten sagt man für gewöhnlich „Wulli wulli". Aber was sagt man zu einem Elefanten?)
Nach der Ewigkeit von mehreren Minuten kam endlich der Pfleger und bewegte den Schlingel dazu, vom Park in die Halle zu gehen.

I STÖRENFRIEDE

Für die Naturdokumentationsreihe *Universum* wurde eine Folge über die Jagd gedreht. Aufnahmen von der Hirschfütterung im Winter in der Steiermark standen auf dem Drehplan. Das Rotwild kam jeden Tag um 16 Uhr zur Futterstelle. Der Kameramann Ferdi Steininger nahm schon eine Stunde früher seine Position ein, um die Tiere ja nicht zu verschrecken. Er kauerte bei minus 15 Grad in seinem Schneeloch und wartete geduldig.
Um 16 Uhr kam kein Hirsch. Um 16 Uhr 30 auch nicht. Um 17 Uhr in der Dämmerung endlich kam ein kleines Rudel durch den Wald. Das letzte Licht des Tages tauchte die Szene in eine mystische Stimmung. Der Kameramann hielt mit klammen Fingern auf die Tiere, die nur noch fünf Meter von der Futterkrippe entfernt waren. Was für ein Bild!
Und was war das? Die Tiere flüchteten plötzlich panikartig zurück ins Unterholz und zwei späte Tourenskifahrer pflügten durch die Lichtung!
Zwei Tage noch legte sich Steininger bei Eiseskälte im Wald auf die Lauer. Doch die Hirsche waren durch die Störenfriede auf Skiern so verschreckt, dass sie sich nicht mehr bei der Futterstelle zeigten.

I FROTZELEI

Noch mal *Universum*. Wieder in der Steiermark. Diesmal Murmeltiere. Die ersten Aufnahmen von den possierlichen Nagern, die fröhlich vor ihren Bauten herumhüpften, waren im Kasten. Was man jetzt noch brauchte, waren Nahaufnahmen von ihren Köpfen, wie sie aus den Erdlöchern spähten, um zu sehen, ob die Luft rein war. Der Kameramann zielte mit seiner Kamera auf ein Loch im Boden. Da lugte auch gleich ein Murmeltier heraus. Allerdings aus dem Loch daneben. Bevor die Kamera hinschwenken konnte, war das Tier wieder unter der Erde verschwunden. Dafür kam ein anderes hervor. Natürlich ein paar Löcher weiter. Ständig tauchten Murmeltiere aus ihren Löchern auf, aber nie an der Stelle, wo man sie erwartet hatte.
Man muss sich die Situation so vorstellen wie im Wurstelprater. Da gibt es einen Automaten, bei dem man frechen Nagern aus Kunststoff mit einem Knüppel blitzschnell auf den Kopf hauen muss, wenn sie aus Löchern auftauchen. Da ist schnelle Reaktion gefragt.
Die Frotzelei für den Kameramann dauerte den ganzen Tag. Kaum hatte er mal eines vor dem Objektiv, war das Bild unscharf. Es war zum Verzweifeln. Doch irgendwann hatte er den Rhythmus heraus und nach zehn Stunden gelangen ihm zwei oder drei brauchbare Aufnahmen für zirka 20 Sekunden auf Sendung.

DAGMAR UND DAS LIEBE VIEH ODER EIN PFERD SIEHT ROT

Drei ganz kurze Anekdoten mit Dagmar Koller, damit Sie sehen, dass die Gefahr bei Film oder Fernsehen nicht nur in einem schlechten Drehbuch lauert.
Für den Film *Paganini* musste die Koller lernen, im Damensattel zu reiten. Die Übungsstunden in der Wiener Freudenau waren erfolgreich. Auch am Set ritt Dagmar bei den Proben souverän und das Pferd folgte jedem Befehl. Doch kaum ging das Rotlicht der Kamera an, bäumte sich dass Ross auf und jagte wie von der Tarantel gestochen davon. Die Koller hielt sich eisern an der Mähne fest und auch im Sattel, sogar als das Pferd über Zäune sprang. Erst im Heimatstall kam das verängstigte Tier zur Ruhe. Und auch die Koller.
Ein anderes Mal sollte Dagmar elegant vom hohen Ross in die offenen Arme von Jopi Heesters steigen. Stattdessen blieb sie mit einem Fuß hängen und stürzte wie ein Sack auf den damals über 80-jährigen Schauspieler und begrub ihn unter sich. Die europäischen Gazetten brachten das Bild auf den Titelseiten.
Dann war da noch die Sache mit dem Hund. Bei den Proben war der Bernhardiner völlig entzückt, als ihn die fesche Sängerin als Dienstmädchen verkleidet musikalisch anhimmelte: „Du sollst der Kaiser meiner Seele sein …“
Das lammfromme Vieh hatte aber scheinbar eine Rotlicht-Allergie. Die Aufnahme lief, an der Kamera ging das rote Licht an. Und plötzlich fand der Hund es gar nicht mehr so toll, angesungen zu werden, und biss der Koller in die Lippe.

BEST OF PETER RAPP

GANZ PERSÖNLICHE HOPPALAS

CHAMPION

Champion verlangte den Kandidaten einiges ab. Mir war die Sicherheit der Spieler wichtiger als die Sendung. Bei meinem Regisseur Kurt Pongratz, mit dem mich viele TV-Erfolge verbinden, stand und steht immer die Wirkung der Sendung im Vordergrund.

Er gestaltete einen optisch sensationellen Hindernis-Parcours. Da gab es Sequenzen, die nur mit viel Geschicklichkeit überwunden werden konnten, es gab Feuer-Hindernisse, wobei zwei oder drei meiner Kandidaten leichte Verbrennungen erlitten, und es gab am Schluss ein Laufrad, wie man es bei Hamstern erleben kann.

Als meine Kandidaten zum Laufrad kamen, waren sie mit ihrer Kraft schon ziemlich am Ende. Es kam, wie es kommen musste: Ohne Ausnahme stürzten die Teilnehmer im Rad und überschlugen sich in weiterer Folge zwei-, dreimal.

Das hatte üble Folgen. Dieter Böttger, für längere Zeit Unterhaltungschef des ORF, winkte mich mit einem Lächeln zu sich und flüsterte mir zu: „Du hast keine Kandidaten mehr!“ In diesem Augenblick war ich gerade nicht auf Sendung. „Und warum nicht?“ Nach all den Jahren an der TV-Front konnte mich nichts so schnell aus der Ruhe bringen. „Die liegen draußen mit Kreislaufschwächen am Boden und werden betreut.“

In Gedanken ging ich die Möglichkeiten durch. Jedes Paar hatte Fans im Publikum. Irgendwie konnte ich mir Stellvertreter holen und die spielen lassen. Nicht sehr elegant, aber denkbar.

Immer wieder blickte ich zu Dieter, der den „Floormanager“ gab, aber da kam weder eine erlösende Geste, noch tauchten bei ihm Kandidaten auf.

In so einer Situation heißt es einfach Ruhe bewahren. Das schaffte ich – und gerade noch rechtzeitig tauchten die jungen Menschen, allerdings mit ziemlich bleichen Gesichtern, auf. Wir konnten weiterspielen und erfreulicherweise hat mir auch keiner live auf die Schuhe gekotzt.

I CHAOS UND CO

Mit Otto Anton Eder habe ich immer gern gearbeitet. Er war einer der ganz Großen, wenn nicht über Jahre der bedeutendste Regisseur der Unterhaltung des ORF. Sein Temperament war allerdings gefürchtet. Otto konnte völlig ausrasten. Aus meiner Sicht war es seine unendliche Begabung, seine besessene Suche nach Perfektion, die ihn verzweifeln ließ, wenn er auf Mittelmäßigkeit stieß.

Otto führte Regie in Fernsehklassikern wie *Wünsch dir was*, *Quiz 21*, *Club 2*, *Café Central*, *Familie Leitner*, *Der Leihopa* oder *Wer A sagt*. Auch bei den Versteigerungen im Dorotheum waren wir zusammen. Er nannte uns beide „Chaos und Co".

Ich hatte mit seinem Temperament und seinen Wutausbrüchen nie ein Problem. Mir war klar, dass er das brauchte. Und ich liebte seinen Humor.

Da ich keine Angst vor ihm hatte, konnte ich hin und wieder eingreifen. Es waren oft nur Kleinigkeiten, die bei ihm eine Brüllorgie auslösten. Es war einfach unglaublich, wie der kleine Mann brüllen konnte. Das war wie eine verbale Lawine. Alles vernichtend, was sich in den Weg stellte. Selbst Leute, die gar nicht im Blickfeld des wütenden Regisseurs waren, zogen den Kopf ein.

Ich kann mich an eine Probe von *Wer A sagt* erinnern. Irgendetwas klappte nicht und Otto stürzte ins Studio wie ein gereizter Bulle bei einem US-Rodeo. Schon auf dem Weg, also noch vor dem Fernsehtheater, begann er zu brüllen, und jeder war auf der Suche nach einem halbwegs sicheren Platz. Mitten in der Szene stand ich, war mir sicher, dass ich nicht gemeint war, und verhielt mich entspannt.

Otto brüllte und brüllte ... Irgendwann holte er Luft und ich sagte trocken: „Die Pause war zu lang!" Er schaute mich fassungslos an und schon lachten wir beide los. Oh Gott, wie ich ihn vermisse!

Ein anderes Mal schrie er mich mit rotem Kopf an. In der gleichen Lautstärke brüllte ich zurück und sprach in normaler Lautstärke weiter: „Wie schaffst du das? Das ist ja unglaublich anstrengend!"

Wir gingen nahtlos zum unvermeidlichen Bier.

ÜBERFALLSKOMMANDO

Otto Anton Eder war vom ORF-Anfang an dabei. Eines der ersten Studios war in der Inneren Stadt in der Rotgasse. Das Columbia-Studio. Dort habe ich mein erstes *Spotlight* produziert.

Eines Tages hörte der Studioleiter Kampflärm aus dem Aufnahmestudio. Er lief nach unten, blickte durch die verglaste Studiotüre und traute seinen Augen nicht. Da drinnen war eine wüste Schlägerei im Gange. Am wildesten kämpfte Eder. Wie in einem Wildwestfilm nahm er sich einen Schauspieler nach dem anderen vor und prügelte ihn windelweich.

Der biedere ORF-Angestellte war davon überzeugt, dass der gefürchtete Regisseur endgültig die Grenze vom Genie zum Wahnsinn überschritten hatte. Er wagte es nicht, die Tür zu öffnen, griff zum Telefon und verständigte die Polizei.

Zu der Zeit kam in einem solchen Fall keine Funkstreife, sondern das Überfallskommando. Ein offener Wagen in Lkw-Größe, in dem ein Dutzend erprobter Nahkämpfer mit Stahlhelmen und Knüppeln transportiert wurden. Mit Folgetonhorn und Blaulicht rückte das Kommando in der Rotgasse an.

Der Studioleiter erwartete sie in der engen Gasse und führte die Mannen sofort zwei Stockwerke nach unten. Legendär in diesem Überfallskommando war ein Zwei-Meter-Hüne, der mitunter allein ein Lokal räumte, in dem gekämpft wurde.

Dieser Goliath stürmte als Erster ins Studio. In derselben Sekunde brachen alle Kampfhandlungen ab und der Monsterbulle blickte in eine Vielzahl von verdutzten Gesichtern.

Die Aufklärung dauerte ein paar Minuten und mündete schließlich in übermütiges Gelächter. Otto Anton drehte eine Raufszene und war dabei, seinen Darstellern zu zeigen, wie so etwas auszusehen hatte. Erwähnt habe ich es schon: Perfektion war für den genialen Fernsehmann alles!

GARY GLITTER UND DAS MOTORRAD

Ein gemeinsamer Auftritt mit Gary Glitter in den frühen Siebzigerjahren hätte beinahe in einem schmerzhaften Stunt geendet. Das war eine Aufzeichnung für *Spotlight*. Der Rockstar saß auf einem schweren Motorrad mit gut und gerne 500 Kubik. Mein Platz war der Sitz direkt hinter ihm. Während Glitter seinen Hit *Come on, come on* sang, bemerkte ich bei einigen Zuschauern ängstliche, zum Teil bleiche Gesichter. Ich kontrollierte mein Hosentürl. Alles in Ordnung. Und mit einem vorsichtigen Blick, um nicht missverstanden zu werden, auch die Kleidung unseres Stars. Auch da war alles in Ordnung.
Der Grund war ein anderer. Die Maschine war auf dem Parkständer aufgebockt und Gary Glitter hatte, weiß der Teufel wie, einen Gang eingelegt. Jedenfalls drehte das Hinterrad voll durch. Hätte ich mein Gewicht nach hinten verlagert, hätte das Rad auf dem Boden aufgesetzt und wir wären mit einem Sprung in der Dekoration verschwunden. Das hätte Schlagzeilen gegeben!

NOCH EIN GEFÄHRLICHER STÄNDER

Ende der Neunzigerjahre wurde das letzte Teilstück der Alpe-Adria-Autobahn eröffnet. Aus diesem Anlass baute der ORF auf dem Parkplatz der Raststätte Arnoldstein ein gewaltiges Zelt auf und übertrug live eine Gala.
Vico Torriani und Wenke Myhre waren die Stargäste. Die Moderation wurde mir anvertraut. Regisseur Kurt Pongratz setzte eine Idee um: Die Wenke fuhr als Autofahrerin mit einem Kleinwagen ins Zelt und ich machte einen auf Marlon Brando. In der Uniform eines Autobahnpolizisten ritt ich auf einem 500er-Motorrad in die Arena.
Auf dem Parkplatz hatte ich ein, zwei Unterrichtsstunden absolviert. Nach einem Duett mit Wenke – *Chitti chitti, bang, bang* mit einem

schwierigen deutschen Text, den Günter Tolar geschrieben hatte – wollte ich bei der Abfahrt Eindruck schinden. Also lenkte ich die Maschine stehend aus dem Zelt und gab dabei ordentlich Gas.
Erst durch das besorgte, fast ängstliche Gesicht des Gendarmerie-Offiziers hatte ich das Gefühl, das etwas nicht stimmte. Er gab mir behutsame Zeichen anzuhalten und griff gleich nach seiner Maschine.
„Was ist los?“ Stumm deutete er nach unten. Da stand ein großes Stück Metall aus dem Motorrad: der Ständer, auf dem die Maschine im Ruhezustand aufgebockt wird. Eine unbedachte Fahrbewegung und ich hätte einen echt starken Abgang gemacht. Wahrscheinlich einen Salto samt der edlen 500er.
Wieder einmal hatte ich Glück gehabt.

BIG BOSS BACHER

ORF-General Gerd Bacher wurde für sein Temperament bewundert, geliebt und gefürchtet zugleich. Im Oktober 1967 ging Ö3 erstmals auf Sendung. Einer der ersten Moderatoren durfte ich sein. Klingelte das Telefon im Studio, dann hielten die Kollegen, aber auch ich, kurz den Atem an. Irgendwie merkte man schon am diktatorischen Klingeln, das war der Big Boss!
Eine verbale Bacher-Abreibung am Telefon zu bekommen war keine Kleinigkeit. So ähnlich musste es sein, wenn Muhammad Ali voll traf.
Deshalb erstarrte ich fast zur Salzsäule, als ich eines Morgens ins Funkhaus ging, auf den Stiegen Gerd Bacher traf und er mich freundlich grüßte. Mich kleines Würstchen, von dem er noch nie Notiz genommen hatte! Das musste eine Verwechslung sein! Da war ich mir ziemlich sicher.
Später am Tag, beim Kaffee in der Kantine, ging mir beim Lesen der *Kronen Zeitung* ein Licht auf. Leitartikel, die Chefredakteur Hans Dichand persönlich verfasste, waren immer mit CATO unterzeichnet. Fernsehkritiken mit FOCUS. Da stand eine überaus freundliche Fern-

sehkritik über mich. Und darunter stand CATO. Der Schriftsetzer hatte die Namen verwechselt!
So konnte man also annehmen, dass der Chefredakteur mir freundlich gesinnt war. Anders kann ich es mir nicht erklären, dass der große Gerd Bacher mich bemerkt und gegrüßt hatte.

ZICKE BERNSTEIN UND ALKO-EDDIE

Die Premiere der Sendung *Wurlitzer* werde ich sicher nie vergessen. Die Sendung war, was die Gäste betraf, hochkarätig besetzt. Der US-Filmstar Eddie Constantin (*Lemmy Caution*), Austria-Ikone Falco, Fußballstar Hans Krankl und Komponist (*West Side Story*) und Dirigent Leonard Bernstein.
Keiner von ihnen hatte den Ruf, ein einfacher Interviewpartner zu sein. Zudem machten sie Stress. Krankl stellte zwei Bedingungen: Er muss als Erster drankommen und wir mussten *Tom und Jerry* spielen. Das war erfüllbar. Falco hatte einen guten Tag und Bernstein wollte das Haus verlassen, weil vor ihm eine Bernstein-Parodie mit Maxi Böhm gespielt wurde. Die er hasste, wie ich später erfuhr.
Irgendein Mitarbeiter, der nicht Englisch sprach, zeigte Bernstein anstelle des verlangten Ausgangs den Eingang ins Studio. Der Maestro kam rein, das Publikum applaudierte und es schien selbst ihm blöd, wieder zu gehen. Also kam er direkt auf mich zu. Ich lächelte, wie ich meinte, gewinnend. Er verbeugte sich in Richtung Publikum, das ihn lautstark feierte, drehte sich zu mir und zeigte mir, ohne dass es sonst jemand sehen konnte, die Zunge. Ich lächelte weiter, wahrscheinlich schon weniger gewinnend. Auch dieses Interview lief mit Anstand über den Sender.
Mittlerweile war Eddie Constantin – umhüllt von einer leichten Whisky-Fahne – an der Schulter von Intendant Ernst Wolfram Marboe eingeschlafen. Es gelang uns, ihn rechtzeitig zu wecken, und er kam mit eigener Kraft vor die Kamera.
Das war, alles in allem, eine denkwürdige Sendung.

BESCHRÄNKT

Gagen zu verhandeln ist immer eine heikle Angelegenheit. Deshalb haben die meisten auch einen Agenten, um nichts damit zu tun zu haben. Der versucht den Marktwert seines Künstlers zu erahnen und herauszufinden, was sich der Auftraggeber leisten kann.
Es ist ein ständiges Feilschen. Ist der Künstler gut im Geschäft, kann er es sich leisten, nach den Rosinen im Kuchen zu suchen. Wenn ein Termin erst einmal vergeben ist, dann ist es ärgerlich, wenn zu einem späteren Zeitpunkt ein besseres Angebot für den gleichen Zeitpunkt kommt.
Es war eine Anfrage für mich als Moderator. Man wolle unbedingt mich, denn ich wäre am besten für die Aufgabe geeignet. Es wurde längere Zeit um den heißen Brei geredet und schließlich kam das Gespräch auf den Punkt. Es ging ums Geld. Der Agent nannte einen Preis.
Nach einer kurzen Schrecksekunde meinte der Kunde am anderen Ende der Leitung: „Wir haben aber nur ein beschränktes Budget!"
Mein Agent: „Dann nehmen Sie sich einen beschränkten Moderator!"
Das haben die auch getan. Meine Diskretion verbietet mir zu sagen, wer es war.

DER BERÜHMTE HEIMATDICHTER

Thaddäus „Teddy" Podgorski war von 1986 bis 1990 charismatischer Generalintendant des ORF. In seiner langen Karriere davor verlas er unter anderem die Nachrichten im Radio. Irgendwann wollte er feststellen, ob ihm die Leute überhaupt aufmerksam zuhörten. Also erfand er einen Heimatdichter mit dem fiktiven Namen Gerhard Walderer. (Ob es dieser oder ein anderer Name war, ist für die Geschichte unerheblich.)
Teddy baute den Walderer immer wieder in die Nachrichten ein. Zum Beispiel: „... wurde gestern in Lackenhof am Ötscher ein Kinderheim eröffnet." Bis dahin stimmte die Nachricht. Teddy fabulierte weiter: „... unter den zahlreichen Ehrengästen befand sich auch der bekannte

Heimatdichter Gerhard Walderer, der ein paar seiner Werke zum Besten gab …“

Ein anderes Mal verbreitete Podgorski: „… zur Diskussion um die Lage des kleinen Bergbauern meldete sich auch der bekannte Heimatdichter Gerhard Walderer zu Wort …“

Ein Jahr lang soll dieser Walderer durch die Nachrichten gegeistert sein, ohne dass jemand irgendwelche Fragen stellte. Dann entschied Podgorski, den Dichter sterben zu lassen: „… wie soeben bekannt wurde, ist der bekannte Heimatdichter Gerhard Walderer im Alter von 83 Jahren in seiner Heimatgemeinde … einem Herzversagen erlegen …“

Angeblich wurde in dieser „Heimatgemeinde“ eine Gedenktafel für den bekannten Heimatdichter Gerhard Walderer errichtet.

DER ORDINÄRE NIKOLO

Dabei geht es um die Tücke der Funkmikrofone. *Wurlitzer* hieß die Sendung und unsere Redakteurin hatte zum 6. Dezember eine hübsche Idee: Viele, viele Nikolos sollten ins Studio kommen und ich war einer von ihnen. Auch als Nikolo verkleidet.

Der Zuschauer hätte mich sofort geortet, wenn ich das Funkmikro in der Hand gehabt hätte, also trug es der erste Nikolo in der Reihe.

Beim Stehenbleiben muss wohl der zweite dem ersten auf die Fersen gestiegen sein. Jedenfalls waren die Zuschauer überrascht, als Nikolo eins zu Nikolo zwei hörbar und gar nicht festlich knurrte: „Geh scheiß’n!“

DER PINGPONGBALL

Einer, der immer Freude daran hatte, die Kollegen ordentlich hereinzulegen, ist der Lucky Schmidleitner. Ein wahrhaft genialer Regisseur von Sportereignissen. Vieles von dem, was uns heute noch das Zusehen spannender macht, ist auf seinem Mist gewachsen. Zum Beispiel, dass man bei Skirennen den Läufer nach dem Start eine Zeit lang beobachten kann und dann auf die Live-Kamera gewechselt wird, sodass der Eindruck entsteht, man hätte die Sportlerin oder den Sportler auf der ganzen Strecke beobachtet.

Tagelang ging Lucky mit einem Pingpongball durchs Haus, spielte mit dem Ball, und wenn ihm jemand entgegenkam, warf der diesem den Ball zu und der köpfelte zurück. Das machte er so lange, bis jedem das Spiel schon zur Gewohnheit geworden war.

Eines schönen Tages ersetzte er den federleichten Pingpongball durch einen Golfball. Es war wirklich beeindruckend, wie viele mit einem roten Fleck auf der Stirn und einer leichten Beule herumliefen.

DER REPUNZATOR

Selbst im ORF findet man von Zeit zu Zeit Freude daran, Neulinge kräftig zu verarschen. Am liebsten dann, wenn diese den Eindruck des Wichtigtuers vermitteln. Ein solcher war aufgerückt zum Produktionsleiter, also in eine Position, wo er im Grunde für alles, was die Produktion betrifft, verantwortlich zeichnet.

Erstmals stand er in seiner neuen Würde im Regieraum und erlebte mit, wie eine Diskussion aufgezeichnet wurde. Irgendwann kam der Moment, wo die Redner beim Wechsel auf eine andere Kamera einander nicht mehr ansahen. Entweder der Bildmeister oder der Regisseur meinte trocken „Achsensprung". Ein solcher tritt ein, wenn Kameras ihre Position wechseln und die beiden aufzunehmenden Personen von der gleichen Seite abbilden. Dann schauen beide in die gleiche Richtung und das heißt im Fachjargon „Achsensprung".

Unserem Neuling war der Begriff unbekannt. Er bat aber nicht um Erklärung, sondern fragte schroff, was man dagegen tun könne. Das war der Augenblick des Bildmeisters, der sofort, ohne Nachdenkpause, erklärte: „Das kann man nur mit einem ‚Repunzator' beheben, aber den gibt es nur bei besonderen Produktionen mit mehr Etat." Dies erschien unserem frisch gebackenen Produktionsleiter als Herausforderung: „Und wo gibt es den?" – „Im Ronacher!"
Mit den Worten „Na, das wollen wir doch einmal sehen!" rauschte er ab, um mit seinem Motorrad das Spezialgerät zu besorgen.
Er war gerade ein paar Minuten weg, da griff der Bildmeister zum Telefon und rief die Technik im Ronacher an: „Da kommt gleich ein Dodel vom Küniglberg und wird nach einem ‚Repunzator' fragen. Gebt ihm was Schweres mit!"

DER WURM

Wenn Deutsche und Österreicher zusammenarbeiten, sprechen sie zwar die gleiche Sprache, trotzdem kann es zu erstaunlichen, mitunter amüsanten Missverständnissen kommen. Von einem solchen wurde mir aus dem Burgtheater berichtet. Der Regisseur ein Österreicher, der Assistent ein Deutscher.
Nachdenklich blickte der Spielführer (deutsches Wort für Regisseur) auf die Bühne, kratzte sich am Kopf und meinte nach der eben gesehenen Probe: „Da ist der Wurm drin!"
Der deutsche Assistent blickte in sein Buch, blätterte, lief hinter die Bühne und suchte verzweifelt nach einem Schauspieler namens Wurm.

DIE SCHLANGE

Besonders gern erinnere ich mich an die Anfangszeiten des Fernsehens. Vielleicht, weil es nicht mehr viele gibt, die davon erzählen können. In der Maxingstraße war ein Studio, aus dem viele Sendungen live übertragen wurden. Heinz Conrads, die Nachrichten, die Tiersendungen und und und … alles wurde aus diesem Studio übertragen.
Unter anderem die Tiersendung mit Otto König. Der machte eine Sendung über Giftschlangen und erklärte zuvor den Kameraleuten, dass es völlig ungefährlich wäre, weil sich die Schlangen in der Winterstarre befänden.
Die Sendung lief. Die Studiolampen erzeugten wohl mit ihrer Wärme ein sommerliches Klima. Wäre es ein Trickfilm gewesen, dann wären die Schlangen mit einem Gähnen erwacht und hätten die Arme nach oben gestreckt, bevor sie sich auf den Weg machten.
Im Studio in der Maxingstraße schlängelten sie sich aus ihren Terrarien und glitten auf den Boden. Die Kameraleute hatten das Erwachen der Schlangen schon längst misstrauisch aus den Augenwinkeln beobachtet und waren der Ansicht, dass es Zeit war, den Rückzug anzutreten. Nahezu gleichzeitig zurrten sie ihre Kameras fest, verließen das Studio und schlossen die Türe hinter sich.
Das war möglicherweise die einzige Live-Sendung, bei der nur der Moderator und seine „Stargäste" im Studio zurückblieben. Otto König sprang von einer Kamera zur anderen, um so im Bild zu bleiben. So viel ich gehört habe, merkte das Publikum nichts von dem Vorfall.

DIE FRIEDENSTAUBE

Tiersendungen sind immer gut für ungewöhnliche Vorfälle. Aber diese wahre Geschichte übertrifft alle Zwischenfälle, die sich im Fernsehen ereignen können. Zugetragen hat sie sich wieder im legendären Studio in der Maxingstraße.

Bei einer Tiersendung entschieden sich ein paar Tauben zur Flucht. Sie flogen nach oben und setzten sich ins Gebälk. Unerreichbar und unmöglich, sie wieder einzufangen.

Entweder gab es da oben wenig Nahrung oder der ganz normale Alterungsprozess forderte seinen Tribut. Jedenfalls, es muss wohl Wochen oder Monate später gewesen sein, ereignete sich Folgendes in der Nachrichtensendung *Zeit im Bild*: Der Moderator teilte dem Publikum gerade die neuesten Ereignisse aus aller Welt mit, als direkt vor ihm eine Taube auf den Tisch knallte. Die Krallen nach oben gestreckt, den Schnabel weit offen. Von Wiederbelebungsversuchen ist nichts bekannt. Auch nicht, ob es sich um eines Friedenstaube handelte. Ob es wohl ein Zeichen war?

DIE HILFSMODERATOREN

Gegen Ende meiner *Spotlight*-Zeit produzierten wir oft in einer hohen Schlagzahl, und mitunter wusste ich schon gar nicht mehr, wer denn meine musikalischen Gäste waren. Oder ich kannte nur den Namen und hatte sonst nichts zu sagen. Als ich wieder einmal so weit war, hatte ich die zündende Idee.

Da es vorher angekündigt war, welche Gäste im Studio erwartet wurden, waren natürlich Fans da. Die fand ich schnell heraus und hielt ihnen das Mikrofon unter die Nase. „Na, was weißt du über deine Lieblinge?"

Die wussten jedes Detail und waren stolz, sich mitzuteilen. So hatte ich ein Studio voller Moderatoren. Sah sehr professionell aus!

GÜNTHER ALEXANDER

Ob Maler, Sänger oder Schauspieler: Der Günther Frank hat viele Talente. Ausstellungen in Galerien und Auftritte in Operetten und bei unzähligen Galas sowie Moderationen im Radio (*Autofahrer unterwegs*) zeugen von einer erfolgreichen Karriere. Sie hätte noch beeindruckender sein können, wenn da nicht in Aussehen und Stimme diese Ähnlichkeit gewesen wäre. Die Ähnlichkeit mit einem anderen Topstar: mit Peter Alexander. Wie stark die war, zeigt das Erlebnis mit einem Taxifahrer. Eine Anekdote, die der Günther selbst gern erzählt.

Also, der Günther steigt in ein Taxi und gibt sein Ziel an. Der Taxifahrer schmunzelt. Es ist dieses seltsam wissende Schmunzeln. Nach einiger Zeit, wahrscheinlich hat sich der Fahrer die Formulierung überlegt, blickt er in den Rückspiegel und erklärt stolz: „Ist mir eine Ehre, Sie zu fahren, Herr Alexander!"

Günther, an diese Verwechslung gewöhnt: „Mein Name ist Günther Frank!"

Nach einer Pause meldet sich der Taxifahrer wieder: „Toll! Jetzt weiß ich auch, wie Sie wirklich heißen, Herr Alexander!"

FUCHS UND EICHHÖRNCHEN

Herbert Fuchs war ein legendärer Live-Regisseur des ORF. Unter anderem habe ich mit ihm die schwierige Übertragung aus einem fahrenden Zug zwischen Landeck und Bludenz gemacht (*100 Jahre Arlbergbahn*).

Er hat mein Leben nachhaltig beeinflusst, weil er mir beigebracht hat, dass Semmeln mit Maggi gut schmecken.

Seine Metaphern habe ich nicht immer gleich verstanden. Bis zu einer Quiz-Sendung. Auf einem Hügel waren viele Telefone vergraben, und die Aufgabe der Kandidaten bestand darin, das einzige funktionierende zu finden.

Gerade als die Spieler eintrafen, läutete eines der Telefone. Rasch konnten die Kandidaten noch hinter einen Lieferwagen gedrängt werden.

DAS MATCH
GIB UNS
DEUTSCHLAND
IM FINALE

Ein Postbeamter trottete über das Feld, hob einen Hörer ab und bedankte sich: „Danke, Herr Kollege. Leitung steht!"
Fuchs blickte versonnen auf den Beamten und meinte lakonisch: „Eichhörnchen!" – „Wieso Eichhörnchen?" – „Eichhörnchen sind putzig, immer geschäftig und völlig nutzlos!"

BLAMABEL

Einen meiner peinlichsten Auftritte im Fernsehen verursachte ich in einer *Wurlitzer*-Sendung durch mein Interview mit dem 2008 in Hamburg verstorbenen österreichischen Tennisstar Horst Skoff.
Knapp davor war ich auf einer Auslandsreise gewesen und hatte keine Zeitungen gelesen. Sonst hätte ich gewusst, das Österreich sensationell Australien besiegt hatte und Skoff erfolgreich gegen Pat Cash gespielt hatte.
Dieser Cash hat übrigens später als Komoderator im Fernsehen Spott geerntet, weil er vorhersagte, dass Roger Federer nie ein Turnier gewinnen werde. (Der hat bisher 16 Grand-Slam-Turniere gewonnen, 62 Turniere im Einzel, acht im Doppel, stand fünf Jahre an der Spitze der Weltrangliste und wird manchmal als bester Spieler aller Zeiten gewürdigt.)
Aber das ist nur ein Ablenkungsmanöver von meinem Versagen. Auf das Gespräch war ich nicht nur schlecht, ich war gar nicht vorbereitet. Heute würde ich das als total unprofessionell und höchst überheblich bezeichnen.
Es wird mir übel, wenn ich mich erinnere, dass ich, jovial lächelnd, fragte: „Und … was gab es so in letzter Zeit?"

Farbbild 1: Peter Rapp bei „Dancing Stars" mit Julia Polai
Farbbild 2: Claus Schönhofer und Armin Assinger
Farbbild 3: Peter Rapp
Farbbild 4: Miriam Weichselbraun und Claus Schönhofer am Life Ball 2008

Skoff zögernd: „Wir haben gegen Australien gespielt …" Zu dem Zeitpunkt muss der gedacht haben, ich bin besoffen oder von Natur aus vertrottelt. Hat er das zunächst vermutet, war er sich dessen anschließend sicher, als ich einen draufsetzte: „… und? Gewonnen?"
Sollten Sie mich einmal zufällig wo treffen, bitte nicht an diese Geschichte erinnern.

RAPP SPRACHLOS!

Ausgerechnet Armin Assinger hat mich einmal sprachlos gemacht. Das kommt bei mir nicht oft vor. Aber er hat es geschafft.
Bevor Grissemann und Stermann sich des Namens bemächtigten, war *Willkommen Österreich* eine Servicesendung (1995–2007). Während der Ferientage moderierte ich aus den verschiedensten Orten Österreichs. Eine Sendung war eine Direktübertragung aus Assingers Heimatort Hermagor.
Im Hintergrund war auf einer großen Bildfläche die Übertragung eines Riesentorlaufs im anderen Kanal zu sehen. Heute weiß ich nicht mehr, war es eine WM oder waren es Olympische Winterspiele. Wie auch immer, ich schätzte mich glücklich, Armin als Gast zu haben. Ein fachlich kompetenter Mann würde mir und meinen Zuschauern wohl einen Tipp geben können, wer Chancen auf den Sieg hätte.
Das Interview kam. Armin stand mir gegenüber und ich stellte die entscheidende Frage: „Armin, wer hat heute Chancen auf den Sieg?" Er blickte mich ernst an. Ein wenig von oben herab. Kunststück, er ist ja auch etwas größer als ich. Nach einer kurzen Pause kam die fachliche Auskunft: „Hugo Simon auf Lavendel ist immer gefährlich!"
Das war der Augenblick, in dem ich mich ausklinkte. Heute weiß ich, ich hätte ungerührt antworten sollen: „Und was ist mit Schockemöhle?"
Schockemöhle (Deutschland) und Simon gehörten zu der Zeit zu den erfolgreichsten Springreitern und Lavendel war das Paradepferd von Hugo Simon. Aber die Antwort war einfach zu originell und so fehlten mir ausnahmsweise einmal die Worte.

I INTERVIEWGAST WIDER WILLEN

Überraschung! Da saß einer neben mir, der absolut nichts zu sagen hatte … Aber, schön der Reihe nach.

Der Vorläufer der Jahreszeiten-Sendung (*Frühlingszeit, Sommerzeit* etc.) hieß *Willkommen Österreich* (ein Titel, den sich, wie schon erwähnt, später Grissemann und Stermann gekrallt haben) und war eine gut gemachte Magazin-Adaption eines BBC-Formates.

Zwei Jahre lang moderierte ich in jeder Ferienzeit eine tägliche Außenstelle auf einer Tour von Vorarlberg bis ins Burgenland. Fernseharbeit nach meinem Geschmack. Täglich ein neuer Schauplatz und neue Gegebenheiten. Ein Aufgebot an Aufnahmeleitern setzte meine Gesprächspartner auf die richtigen Plätze oder trieb sie mir zu. Alles live und auf die Sekunde getimt.

Es war ein Ort an der Donau (nicht Orth an der Donau). Ich weiß heute nicht mehr, wo das war. Mein nächster Gesprächspartner sollte mir entweder etwas über die Donaufischer oder über die Geschichte des Ortes erzählen. Er saß schon wartend auf einem Strohballen und ich nahm fröhlich neben ihm Platz.

„Also, Sie erzählen mir jetzt etwas über das Fischen in der Donau."

Der Mann, der zunächst versucht hatte, in eine andere Richtung zu blicken, sah mich ungläubig mit einem Anflug von Angst an und stieß nach einer Pause hervor: „Davon verstehe ich gar nix!"

Scheiße!, dachte ich bei mir, das ist der Geschichtsmann! „Tut mir leid …" – nicht einmal eine Schrecksekunde hatte ich verbraucht – „… Sie erzählen mir natürlich etwas über die Geschichte des Ortes, in dem wir hier sind …"

Nach der nächsten Antwort muss ich ein ziemliches dummes Gesicht gehabt haben. „Kann ich nicht. Ich bin nicht von hier!"

„Warum sitzen Sie dann da?"

Er zeigte mit dem ausgestreckten Finger auf einen Aufnahmeleiter. „Der hat gesagt, ich soll mich da hersetzen."

Nun folgte mein letzter Satz: „Na, dann hatten Sie wenigstens einen guten Platz und Ihre Familie wird ganz aus dem Häuschen sein, dass Sie im Fernsehen waren."

ROLLENTAUSCH

Als ob es gestern gewesen wäre, weiß ich, dass mir der nächste Flop in Krems widerfahren ist. Vor mir standen drei Männer. Der Bürgermeister, ein Weinbauer und ein Landwirt. Die drei waren kurz vor der Sendung gekommen und schon bald ging das Rotlicht an der Kamera an. Wir waren „on air".

Alles Routine; erst eine Frage an den Bürgermeister, dann Bemerkungen zum „guten Tröpferl", das zu erwarten war, und zum Schluss noch ein paar Sätze zur Landwirtschaft. Alle antworteten prompt und profund. Das Rotlicht auf der Kamera erlosch. Zufrieden atmete ich durch. Das waren drei gute Interviews gewesen!

Kaum waren wir nicht mehr auf Sendung, merkte ich, dass die drei etwas auf dem Herzen hatten. „Ist vielleicht nicht wichtig, aber ich bin der Bürgermeister", meinte mein Landwirt. Der vermeintliche Landwirt war übrigens der Weinbauer. Also war auch der Dritte nicht der, für den ich ihn gehalten hatte.

Der Zuschauer hat von all dem nichts mitbekommen. Außer, dass sich Kenner von Krems vielleicht gewundert haben, wieso die einen neuen Bürgermeister haben. Wie auch immer, bin den Dreien dankbar, dass sie mich nicht haben auffliegen lassen.

NOMEN EST OMEN

Der legendäre „Teddy" Podgorski, Schauspieler, Radio- und Fernsehjournalist, ehemaliger ORF-Intendant, philosophierte immer schon gern über die Weisheit „Nomen est omen".

In dem Zusammenhang weist er gern darauf hin, dass der erste Hörfunk-Intendant Übelhör geheißen hat. Und dass das Radiostudio gleich um die Ecke von der Taubstummengasse liegt.

Wahr oder nicht wahr: Teddy behauptet, dass nach dem Brand der Sophiensäle zwei Mann als Brandwache eingeteilt waren – der Herr Brandtner und der Herr Aschenbrenner.

Wahr ist auf jeden Fall, denn Millionen konnten es beobachten, dass die erste Reporterin, die den geliebten, unvergessenen Helmut Zilk nach dem ruchlosen Briefbombenattentat interviewte, Handlos geheißen hat. Sie wurde aus Pietätsgründen von dem Fall abgezogen.

PEINLICH, PEINLICH

Schwer zu sagen, ob es mir gelingen wird, die Situation so zu schildern, dass der Leser nachempfinden kann, was in mir vorging. So geschehen im ersten Fernsehjahr der *Licht-ins-Dunkel*-Aktion.
Die Sendung wurde direkt aus der Aula der UNO City in Wien übertragen. Ich muss gestehen, dass ich so etwas wie Nervosität empfunden habe, obwohl die mir eigentlich fremd ist.
Wenn ich daran denke, verspüre ich immer noch, nahezu 30 Jahre danach, ein Kribbeln in der Magengrube. Der von mir sehr geschätzte Bundespräsident Kirchschläger war mein Interviewpartner und das Gespräch führte ich in den Sitzreihen mit ihm. Wir waren fertig, und ich wollte mich noch nach vorne beugen, um der Frau Kirchschläger die Hand zu küssen.
Dabei übersah ich, dass der Herr Bundespräsident seinen Fuß nach vorne schob. Jedenfalls verlor ich das Gleichgewicht und war im Sturz dabei, mit meinem Kopf im Schoß der First Lady of Austria zu landen.
Es ist wirklich erstaunlich, wie schnell das Gehirn in so einem Moment arbeitet. Blitzschnell spielte ich mögliche Endphasen durch. Da war das Bild, dass ich kopfüber auf die Frau Kirchschläger stürze. Dann war da die Möglichkeit, den Herrn Bundespräsidenten um den Hals zu nehmen, um so meinen Sturz abzufangen.
Ganz ehrlich, ich weiß nicht, was mich damals wieder aufgestellt hat. Noch heute glaube ich, es war die reine Panik.

I SPANNUNG

Wenigstens einmal muss ich das loswerden: Die Finali bei den Castingshows machen mich ärgerlich. Damit meine ich das minutenlange Herumgerede, bis endlich verkündet wird, wer bleibt und wer geht. Wer in der nächsten Runde noch tanzen oder singen wird und wer nicht mehr.

Das hat schon begonnen, als Ulla Kock am Brink in der *100.000 Mark Show* die Kandidaten zappeln ließ. Die Frau ist überhaupt ein Phänomen. Sie war schon an wenigstens zwei Shows beteiligt, die wegen geringer Einschaltquoten wieder eingestellt wurden. Zweifelhaft berühmt wurde sie, als sie den Ehemann ihrer Kollegin Sabine Christiansen übernahm. Nach sieben Jahren Ehe gaben die beiden das Scheitern ihrer Beziehung bekannt. Diesmal nicht wegen zu geringer Einschaltquoten. 2010 soll sie schon mit der nächsten Show ins Programm …

Aber ich bin vom Thema abgekommen. Zu befürchten ist, dass es sich um eine holländische Vorstellung von „Spannung" handelt. Sieht ganz so aus, als ob diese Vorgangsweise aus der Endemol-Werkstatt kommt. Da wurde schon beim unsäglichen *Big Brother* herumgedruckst, bis endlich eine oder einer aus der Wohnung gekickt wurde.

Wohltuend die Oscar-Verleihung aus Los Angeles. Da werden die Nominierungen vorgestellt und dann, ohne viel Getue: „The winner is: …" Würde dort ein Holländer oder ein geklonter Deutscher die Redaktion führen, dann müssten Sandra Bullock, Meryl Streep und Helen Mirren auf die Bühne und würden nach langem Zögern einzeln wieder runtergeschickt. „Meryl, für dich heuer leider kein Oscar!"

Kein anderes Land hat Fernsehunterhaltung so analytisch aufgezogen wie die Amis. Die wissen, dass man auf die Art nur Unmut erzeugt. „Spannend" ist das überhaupt nicht – nur lästig!

FÜR DAS ZDF BIN ICH EIN SPASSVERDERBER

Überrascht war ich schon, als mich das ZDF anrief. Nachdenklich machte mich ihr Anliegen. Da hätte ein Mann eine Reise nach Wien gewonnen und einen Besuch in der Kanalisation. Quasi auf den Spuren des *Dritten Mannes*, des berühmten Filmes mit Orson Welles. Aber: Der Mann leidet unter Klaustrophobie und er würde nur gehen, wenn ich ihn begleite, weil er mich verehrt und mir vertraut.

Schon die Anfrage machte mich misstrauisch, aber ich sagte zu. Vor dem Opernkino stiegen wir ein und gingen nach unten. Aus alter Gewohnheit prägte ich mir den Weg ein. Der Mann hielt mich an der Hand. Dabei fiel mir auf, dass er nicht schwitzte. Hätte ich erwartet, bei seiner Neurose. Schließlich langten wir im Tunnel am Wienfluss an. Da stand ein gedeckter Tisch. Nun zog sich der Kandidat für kurze Zeit zurück. Er wäre nervös und müsse pinkeln.

Er kam nicht zurück. Dann meinte der Schweizer Moderator: „Der hat sich verirrt! Sie müssen ihn suchen!" Also machte ich mich auf den Weg zurück und kontrollierte die Gänge. Natürlich immer mit Kameras in der Nähe. Nach meinem Dafürhalten gab es da keine Seitengänge, wo der sich hätte verlaufen können. An der Oberfläche war er auch nicht. Überhaupt hatte ich den Eindruck, dass alle anderen die Situation recht gelassen nahmen.

Da war mir schon klar, worum es hier ging: *Versteckte Kamera*! Ich behielt aber meinen Verdacht für mich. Wieder unten im Tunnel beim Wienfluss, setzte ich mich gemütlich an den Tisch und trank Kaffee. Der Moderator setzte alles daran, mich in Hektik zu versetzen. Lehnte ich schnöde ab: „Sie haben ein Team und es gibt die Kanalbrigade. Die werden ihn schon finden."

Nach geraumer Zeit kam ein Schlauchboot mit zwei Polizisten den Fluss herunter. Die eröffneten mir, sie müssten mich verhaften, weil ich hier einen mir Anvertrauten verloren hätte. Ließ mich völlig kalt. „Na, dann verhaften Sie mich und führen Sie mich ab!"

Natürlich wurde ich nicht verhaftet und einige Zeit später kam dann einer, der sich als Regisseur vorstellte: „Wann haben Sie es gemerkt?"

Der Reihe nach zählte ich ihm die Verdachtsmomente auf. – „Können Sie nicht wenigstens so tun, als ob?" Kam für mich nicht infrage. Das hätten sie sich besser überlegen müssen, sich mehr mit mir beschäftigen müssen. Meine Nerven sind durch Hunderte Live-Sendungen gestählt. Mich bringt nicht so schnell etwas aus der Ruhe.
Die Geschichte war geplatzt. Das ZDF hatte viel Geld in den Sand gesetzt. Tja, so wurde ich leider kein Opfer der *Versteckten Kamera*.

STEREO

Techniker sind oft recht euphorisch, wenn es Neuigkeiten und Errungenschaften auf dem Markt gibt. Stereo wurde eingeführt und der Sender bat die Hörer um präzise Einstellung ihrer Empfänger. Das war die Ansage: „Linker Kanal, rechter Kanal, Balance Mitte."
Radiogeräte, Plattenspieler, später auch Fernsehgeräte ... Stereo war angesagt. Durch Zufall war ich dabei, als ein Tontechniker dem Regisseur Lanske die Vorzüge von Stereo erklärte. Voller Begeisterung hielt er einen Vortrag über die neue Aufnahmetechnik und die Wiedergabe.
Etwas später nahm ich mir den Techniker zur Seite: „Du weißt aber schon, dass der Lanske auf einem Ohr taub ist! Dem kannst du erklären, was du willst, der wird immer mono hören."

TÜRKEN

Hier ist nicht die Rede von unseren Mitbewohnern, sondern vom Begriff „türken", wenn Fernsehmacher eine fiktive Situation schaffen.
Ein gutes Beispiel dafür war die Sendung *Koffer Hoffer*, die Karl Dall moderierte. Das Ganze war eine Idee von Frank Elstner. Elstner kaufte von Flughäfen und Bahnhöfen vergessene Gepäckstücke zusammen, deren Abholfrist verstrichen war.

Die Idee war, dass Kandidaten in einem Spiel die Koffer gewinnen und anschließend den Inhalt behalten durften. Eine weitere Bedingung war, dass die Gewinner möglichst alles, was sie in dem Koffer fanden, anziehen.
Nun stellte sich aber (noch vor der ersten Sendung) heraus, dass der Inhalt der Koffer recht profan war. „Profan" bedeutete ursprünglich „ungeheiligt", „ruchlos", „gemein". Heute heißt es einfach „alltäglich". Unterwäsche, Toiletteartikel und Kleidungsstücke. Es wurde also entschieden, zu „türken". Da waren dann Flossen und Taucherbrillen, Safari-Kostüme und Ähnliches zu finden.
Bleibt die Frage offen, wozu man einen Berg von alten Koffern kaufen musste. Das hätte man einfacher haben können.
Für mich gilt: Wenn es keine Wahrheit ist, die lustig oder aufregend ist, dann lass ich es lieber. „Türken", also schummeln, ist nicht mein Ding.

VDFZAUA

Dass der Umgang mit Abkürzungen für Moderatoren gefährlich und schwierig ist, zeigt sich immer wieder.
Eine Kulturredakteurin bekam ein Manuskript auf den Tisch. Ein Sportergebnis: GAK (Grazer Athletik Klub) gegen SAK (Salzburger Athletik Klub) 3:2.
Ihre Meldung, die über den Sender ging: „Und hier noch ein Sportergebnis: GACK gegen SACK 3 dividiert durch 2!"
Einem Sportsprecher ging es nicht viel besser, als er eine Sonate posth. (nach dem Tod) anzukündigen hatte.
Seine Meldung: „Sonate für Posthorn und Klavier."
Um solchen Flops vorzubeugen, bin ich im VDFZAUA (Verein der Freunde zur Abschaffung unverständlicher Abkürzungen).

I BALLWECHSEL

Für Menschen in der Unterhaltungsbranche, vor allem für Moderatoren, die früher Conferenciers genannt wurden, sind Galas eine ganz wesentliche Einnahmequelle. Karl Dall sagte einmal: „Eine Gala ist doppelte Gage und halbe Arbeit!"
Für Willy Kralik (Unterhaltungschef Radio Niederösterreich, Moderator vom *Seniorenclub* und Conferencier bei unzähligen Veranstaltungen) gab es viel zu tun. Sein Terminkalender war stets voll. Da gab es „Bunte Abende", „Hausfrauennachmittage", „Teenagerpartys", Modeschauen und vieles mehr.
Willy war stets besonders pünktlich, gewissenhaft und ein Perfektionist. Während der Ballsaison hetzte er von einem Termin zum anderen. Stets war er gut auf das Thema vorbereitet, über das er moderieren sollte.
So kam er im Parkhotel Schönbrunn an, hielt sich nicht lange mit Vorbesprechungen auf und ging auf die Bühne zum Mikrofon. In wohlgesetzten Worten, mit launigen Bemerkungen gespickt, umriss der Kralik die Bedeutung des Films und seiner Stars. Eben passend zum Filmball.
Zu diesem Zeitpunkt versuchte der Landwirtschaftsminister seine Loge zu verlassen. Er war, angesichts der Conference des Kralik, davon überzeugt, am falschen Ball zu sein.
Tatsächlich aber war Willy überpünktlich. Nämlich eine Woche zu früh. Und dies war der Ball der österreichischen Landwirtschaft.

I NAMENSREGISTER

I DANKE!

ALLEN, DIE SICH DIE ZEIT GENOMMEN HABEN,
MIT UNS AUS DEM NÄHKÄSTCHEN ZU PLAUDERN!
(IN ALPHABETISCHER REIHENFOLGE:)

Dieter Böttger, über viele Jahre Redakteur, Sendungsverantwortlicher und lange Zeit Unterhaltungschef des ORF

Uwe Ecker, ORF-Produktionsleiter von Quotenhits wie *Das Match*

Laszlo Fekete, Produktionsleiter beim ORF für technische Belange wichtiger Produktionen

Heidelinde Haschek, ORF-Regisseurin (Opernball, *Wir sind Kaiser*, *Was gibt es Neues*, Festwocheneröffnung, Life Ball ...)

Wolfgang Herzog, Agenturchef und neuerdings Schnapsbrenner für seine Gersthofer Spezereien

Benny Hörtnagl, Ö3- und TV-Moderator; Tiroler mit Model-Qualitäten und unwiderstehlichem Bubencharme

Günter Huber, Redakteur beim ORF und nicht enden wollender Quell an Historchen

Michi Kögler, Regisseur von Sport-Großevents; Ersatz für Wikipedia, sollte einmal Ihr Computer abstürzen

Dagmar Koller, gehört mit Sicherheit zu den schillerndsten Persönlichkeiten der österreichischen Unterhaltungs- und Society-Kultur; als Sängerin, Tänzerin, Schauspielerin, TV-Moderatorin und Bürgermeistergattin

Robert Ludwig, war Aufnahmeleiter beim ORF; seit mehreren Jahren bekocht er Filmproduktionen mit seinem *Hollyfood*-Catering und ist Wirt des Edelbeisls *Liebstöckl* in Grinzing

Adi Niederkorn, Sportkommentator; wird oft für den Stiefzwilling seines kongenialen Partners Edi Finger junior gehalten

Robert Reumann, Moderator vieler TV- und Radiosendungen, unter anderem *Seitenblicke*; hat so viele Tausend Interviews gemacht, dass er sich gar nicht mehr erinnern kann

Ferdi Steininger, Kameramann, unter anderem für *Seitenblicke* und *Universum*

Stefan Wöber, ORF-Produktionsverantwortlicher für fast alles, was dem ORF Quoten bringt

Danke auch allen, die anonym bleiben wollten!

I BILDNACHWEIS

Claus Schönhofer privat: 36, 157, 182, 184
Melchior Müller privat: 109
APA Picturedesk.com:
Milenko Badzic / First Look: 73
Breuel / ullstein bild: 16
Bunk / ullstein bild: 38
CONTRAST: 74
Ursula Düren / dpa: 111
F1 Online: 88
Film Factory Vienna, Michi Riebl: 157
First Look: 46, 56, 79, 97
David Fisher / Rex Features: 141
FLO: 145
Galuschka / ullstein bild: 50
Barbara Gindl / APA: 101
INTERFOTO: 14, 51, 59, 84, 110
Robert Jäger / APA-Archiv: 146
Astrid Knie / SBM: 183
Dieter Nagl: 81
picturedesk.com: 75
POWELL,JIMMY / Action Press: 18
Thomas Ramstorfer / First Look: 112
Ryumin Alexander / Itar Tass: 20
Ali Schafler / First Look: 13, 34/35, 54/55, 65, 87, 91, 181
s.e.t. / ullstein bild: 137
Sven Simon / ullstein bild: 94
Hans Techt / APA: 76
Teutopress / ullstein bild: 48, 147
Thomas & Thomas / ullstein bild: 53
Alexander Tuma: 61, 99, 106, 125, 132, 148
THÜRINGEN PRESS / Action Press: 33
ullstein bild: 52
United Archives: 120

GIB UNS
DEUTSCHLAND
IM FINALE